Laura Day

Welcome to Your
Crisis

〔美〕劳拉·戴 著

廖婉如 译

欢迎你的
危机

本书的直接受益者——

妮可·基德曼、黛米·摩尔、布拉德·皮特、诺贝尔奖得主沃森博士，还有你……

华夏出版社

图书在版编目（CIP）数据

欢迎你的危机/（美）戴著；廖婉如译.——北京：华夏出版社，2009.10

书名原文：Welcome to your Crisis
ISBN 978-7-5080-5495-7

Ⅰ.①欢… Ⅱ.①戴… ②廖… Ⅲ.①人生哲学—通俗读物 Ⅳ.①B821-49
中国版本图书馆CIP数据核字（2009）第188566号

出版发行：华夏出版社（北京市东城区东直门外香河园北里4号 邮编：100028）

经销：新华书店

印刷：北京集惠印刷有限责任公司   开本：880×1230 1/32开

装订：三河市李旗庄少明装订厂   印张：9.5

版次：2009年10月北京第1版   字数：136千字

印次：2010年1月北京第1次印刷   定价：29.00元

本版图书凡印刷、装订错误，可及时向我社发行部调换

目录
CONTENTS

Welcome to Your Crisis

欣然迎向危机？

欢迎你的危机？

那种认为危机也可能有一些积极意义的观念，听上去好像让人觉得冷酷无情。危机无疑是痛苦、困难和险恶的状态。我不希望任何人遭遇危机。

遗憾的是，危机是我们生活中无法规避的一个部分。于是，学会如何在危机面前应对自如，便成了一项至关重要的人生课题。此外，既然无法避开所有的危机，那为何不迎上前去，欣然接受呢？你将很快发现，危机往往会迫使我们在生活中作出早该作出的改变，它是一种催化剂，可引起惊人的正面转变。

如果我们允许的话。

本书中的那些见解和建议，均以我在帮助个人和组织处理危机时积累下来的观察资料和经验为基础。在我所使用的一整套方法中，有一些关键的要素，已为他人的研究成果所确证。比如：汉斯·谢耶（Hans Selye）在压力领域所取得的研究成果（谢耶发现，积极的事态发展与消极的事态发展所导致的压力，是不相上下的）、米哈伊·奇克森特米哈伊（Mihaly Csikszentmihalyi）在

人类最佳功能领域所取得的研究成果（他发现，只有在竭尽所能来应对挑战时，我们才能最深切地感受到自己的活力）和社会学家查理·弗里茨（Charles Fritz）在研究灾难期间的人类行为方面所取得的成果。弗里茨关于灾难的重要言论对于你我应当如何应对个人危机有很高的参考价值。如果危机是一件糟糕的事，那灾难必定比危机更糟。然而，正如弗里茨所指出的，灾难也揭示了有关人类行为的一些真实的方面。同危机一样，灾难能够将我们人类许多最好的品质激发出来。危机也能够做到这一点。

过去一年里灾难频传，从新闻报导中我们不难发现，最让人触目惊心的灾难，莫过于卡特里娜飓风对新奥尔良地区的摧残。在离我家不远的地方，我曾亲眼目睹在我自己的街区发生的另一些灾难。我住在纽约市，与前世贸大厦所在地仅隔几个街区。

因此，我可以就自己的亲身体验——我相信你也曾近距离地目睹过某些灾难——来谈谈我对灾难的看法：灾难的发生有时不仅不会导致混乱或更糟的情形，反而会激发出人性中最好的一面。我们都已看到媒体对灾难发生期间有人趁火打劫等行动所作的报导。尽管容易引起媒体的兴趣，但这类行动显然是例外而非常态。在灾难中，大多数人会心怀悲悯、大公无私且不辞劳苦地通力合作，以帮助其他受难者。

灾难降临时，能够将伤害程度减至最低、使普通百姓受到鼓舞并变得高尚起来的关键因素是"分享经验"。卡特里娜飓风所带来的冲击之所以如此可怕，恰恰是因为洪水本身使人们无法作为一个群体来采取行动，无法共同挑起灾难给人们的情感、心理、身体和其他方面所带来的负担。

听上去，危机和灾难好像总是很恐怖，实际上也的确如此。相形之下，我们的日常生活如果称不上恬静舒适，似乎就算是单调乏味的。不过，如果我们能诚实地面对自己，仔细地审视自己的生活，那么呈现在我们面前的，便是一个迥然不同的现实。我们日常的平凡生活充满了冲突、压力和挫折。即便在不必为琐细事情与责任烦心时，我们也很少能够全身心地投入到生活之中，在大多数时间里我们只是得过且过。而且，除去我们的家人、密友以及交往较少的邻居，我们其实生活在一个碎裂不整的社会之

中，鲜少和周围的人打交道。我们在平时所遭遇的危机与大众共同经历的种种灾难存在着明显的差异。在这里，关键的一点是，我们总是把这样的危机掩藏起来，让他人——有时甚至包括自己最亲近的朋友和所爱之人——无从知晓。

从人们在灾难发生时表现出来的鼓舞人心的英雄主义和战斗力中，我们能学到些什么东西，并在处理个人生活危机时加以运用？让我们先来查看一下灾难和个人危机的特性有哪些异同吧。

灾难使受灾者生活中的一切都变得无足轻重。灾难使我们的生活变得简单高效。灾难中，最紧迫的需求都是实在具体的，同必须完成的重要工作相比，其他所有需求则作为会让人分心的小事被放在了次要的位置上。请注意，在灾难中，同受到最严重影响的人一样，境况糟糕的人只是少数。所有的人都把注意力放在处境更糟的人身上，整个群体则振奋精神，加入到救援的行动之中。

"同舟共济"的高尚情操得到弘扬。一个新的群体——受灾难影响的人们——挺起身来，去满足最紧迫的需要。人人倾力相助，使命感油然而生，怀抱的目标不再局限于自身。受灾者群体内部因此而形成的紧密的社会凝聚力也会变得十分惊人。

灾难是由外在因素造成的，所以人们不会因不幸降临到了自己的头上而怪罪他人或是怪罪自己，也不会因此而感到内疚或羞愧。在受灾者群体之内，大家都能自由地敞开心扉，真诚相对，并在情感或身体上互相支持。只有在人们因失落而忧伤悲恸、饱受折磨或强烈地感觉到自己被灾害夺走了一切时，他们才能体会到这种相濡以沫的真情。

于是，灾难救援便出现了两个关键的特点，即彼此尽力分担，以及把自己力所能及的事办妥。和这种面对公共灾难时的镇定表现相比，我们在与自身的危机搏斗时却往往显得手忙脚乱。此时，我们会把危机深埋心底，往往因害怕丢脸而在他人面前闭口不提，任凭危机日复一日地击溃我们。

我来自医生世家，自长大以来一直施行直觉疗愈法。危机这个字眼在医学领域也有其特定的含义，是指发病过程中的某个特殊时间点，在这个时间点上，病情要么急转直下，要么在突然之

间出现转机。日常的危机同样会把我们推到这个岔路口上，在这里，我们的生活可能每况愈下，也可能峰回路转，其结果取决于我们当时采取了何种行动。写作本书也是为了帮助你在遭遇危机时做到积极笃定，得胜而归。

Welcome to Your *Crisis*

引言

很多翻看本书的人，都觉得自己需要作出重大的改变——也许是改变自己，也许是改变自己的生活。即便是自感诸事顺利的读者，也仍觉得自己的生活中有某些东西不如人意或有某些东西正在丢失。

✦

平时，谁会在正常情况下求助于直觉疗愈者？求助于直觉疗愈者与找医生检查身体不同。人们要我提供咨询，是因为他们的生活正面临危机。

指导人们摆脱危机并非我的工作——而是我的天职。从小时候发现自己居然能够帮母亲摆脱危机时起，我就变成了这样的人。

从那时起，我就成了危机中为人指引方向的灯塔。我运用自己的直觉技能，帮助这些人找到新的生活和新的自我。我也帮助他们开发自己的直觉能力，所以，他们也能汲取他人的智慧。

✦

我的处女作《实用的直觉》，对一种任何人都可使用的方法作了概括说明。有了这种方法，人们便可以通过直观的感觉收集重要信息。在最近出版的《圆圈：许个愿，改变一生》一书中，我提出了一道公式，依循那道公式，你可以凭借自己的直觉、智力和作为来实现任何目标。

即便不读我的其他作品，你也能看懂手中的这本书。它将为你提供一幅可靠的地图。在你遭受损失或生活出现变化时，为你指点迷津，找到方向。你将会学到一种自我成长的方法，一种热情有效地开创新生活的方法。

＊

《欢迎你的危机》旨在帮助你把握生活中的种种变动，不管这种变动是你所追求的，还是突如其来的。这本书可以指导你走完人生的旅程。我将为你揭示在每个阶段你将面临的种种挑战，并且为你展示成功走过许多生活周期的方法。

＊

这是一本实用的书，旨在帮助你在生活中作出积极的改变。为了从本书中获取最大的收获，你需要认真地完成书中练习。我建议你备好日记本，开始记笔记，并把你的所有作业放在一处。许多练习均以上一个练习为基础，所以你应该把自己的所有作业都放在手边，以便查阅。

本书中的这些练习，甚至是最简短的练习，都容许你重新规范或重新确定你的思维、感觉和选择。要定期和不定期地进行练习，把这项活动当作日常工作的一个有机组成部分。最终，这些练习将在你的潜意识之中留下印记，在你以旧有的，有时是自我毁灭性的模式作出反应时，你便能依靠它们。在开创新生活的旅程中，你会给自己带来新的选择机会。

＊

我并不打算要求你盲目地相信本书中的每一个观点。如果你正在经历一场危机，那么你的怀疑态度就有可能变得愈加强烈。

那也不错。我提出的唯一要求，就是请你以开放的心态来看待概念，并完成那些相应的练习。你甚至不必相信我说的任何东西。

20 世纪的科学巨擘之一、丹麦物理学家尼尔斯·玻尔（Niels Bohr）曾在他的乡间住所接待过一位记者。住所的门上挂着一块马蹄铁，按照当地的说法，这种东西可以给主人带来好运。

记者对这位科学大家的家门口竟也挂着迷信的物件感到困惑，于是问道："玻尔先生，见到你也相信马蹄铁的魔力，让我感到惊诧。""喔，此言差矣！"玻尔答道，"我并不相信马蹄铁真有什么魔力。但我知道，不管你信与不信，它都会发挥作用。"

宇宙的法则与此相仿：这些法则起不起作用，与你是否相信并无关系。地球引力把我们往下拉，并不管我们是否知道，更不管我们是否相信。同样，本书中所描述的那条路径也和宇宙的法则相同，它会为你发挥作用，就像它在过去20年的危机中一直为无数人发挥作用一样，也同样为我发挥了作用。

☀

我也曾遭遇危机。

33岁那年，我生下了儿子——我的婚姻也走到了尽头。我记得，在那一刻，我突然意识到，离婚将不是一件简单的事，我的先生不再给我支票，我也没有了住的地方。

从16岁起，我就把丈夫家的人看成是自己的亲人。此时，他们不仅不再理我，而且还成了欲将我置于死地的敌人。我的律师、会计师和投资顾问也都投身于丈夫的营垒，原因是钱都在那边。属于我的只有我那尚在襁褓之中的儿子和几位朋友。

结婚之后，我在财务方面的所有需要都有人照看，所以我无须外出工作。分居之后，我变得一无所有——由于面临着一场代价高昂的法律争斗，我已不仅仅是一无所有了。以前，我根本不必自谋生计，甚至不必以任何务实的方式处理世间的各种事情；而现在，我却落到必须养活自己和孩子的地步。此前，我的年收入从未超过1.5万美元。这些收入都是我在直觉与疗愈领域做公益事业时附带得来的。

在儿子出生后的第一年里，我们俩只能借住朋友家的公寓，晚上就在客厅里的垫子上睡觉。16岁时便与丈夫相识的我并不知道，在没有他的世界里自己到底是谁。幸亏有了儿子，这个上天赐予我的最好的礼物。儿子相伴所带来的快乐大大减轻了这个新的局面给我带来的恐惧与混乱。

儿子从出生时起就一直由我独自抚养，在离婚已成定局之时，我的丈夫却为了得到儿子的监护权而与我争得不可开交。这时，我已几乎花光了自己的全部积蓄。不仅如此，我的律师还告诉我，打一场官司可能要花掉上百万美元，甚至更多。我的丈夫拥有大笔的信托基金；对他来说，钱不成问题。用 100 万美元来保住儿子，就像用 100 万美元买我一条命一样简单。

我所相信且珍爱的一切——周围的人、我的家庭、我所爱的人、我对自己的看法——几乎全部崩塌了。从前那些认为我是一个自由的精灵、富有的妻子和成功的直觉疗愈者的朋友们，都以同情的眼光——如果不是怜悯的眼光——看着我。我的那些宝贵的特质——超强的直觉、疗愈的能力、幼稚轻信——都在法庭上被当作我无法胜任母亲一职的证据。我不禁暗自思忖：我如果确实拥有如此之灵的直觉，那又是怎么让自己沦落到这般田地的呢？

我对自己及周边的一切已信心全无，所以，在对方指控我心智失常时，我真的去看了心理医生，要他为我进行检测，看看他们的指控是否属实。那时，我以为自己真的疯了，只是最后一个知道而已。我不再清楚自己是谁，或者说，原来的那个我已经不复存在了。

我的旧世界，以及我所依赖的资源也不复存在了。从生活的脉络中抽离出来之后，我对我自己也似乎感到生疏了。我变成了每一条忠告、每一位不择手段的专业人士竞相追逐的猎物；我落入每一个为我预设的陷阱。我不敢采取行动，被吓得不敢越雷池半步。我有一个孩子需要我保护，所以，退让绝非明智的选择——但是，我现在却毫无办法，了无反击之力。我的体重大幅下降，以致不知情的人竟以为我得了重病。我闯入离婚的游戏之中，但是，唯一对游戏规则一无所知的人却显然是我。

每天早晨，醒来后我便坐在客厅的窗子旁，绞尽脑汁地寻找办法。一天早晨，我做了两件还能够去做的事：预测将来会发生什么事（当然，不是为了自己）和写作（我喜欢写作）。我端坐在计算机前，将脑中出现的想法和对往事的回忆写了下来。到儿子醒来时，我已经写下了八页记述我和一群科学家做直觉实验的文字。

在儿子晨间小睡时，我给一位熟识的财务基金经理打了电话。我大胆地跟他讲了自己对当天盘势的看法并要他给我提供一份工作。令人意想不到的是，那天傍晚，他便给了我一份预测财经市场走势的工作。我可以靠电话来做这件事，每天工作半小时即可，回报是一份薪水加上医保。

几天之后，我把我写的稿子带到孩子的一次聚会上，打算在儿子和小伙伴玩耍时再修改一下。在场的一位母亲想看一看我写的是什么。看完后她说："你可以出一本书呀！"

我礼貌地接受了她的赞美，并未多想，直到她给了我一张名片，我才知道她是纽约的顶尖书商。雪球一旦滚起来，滚动的速度就会骤然加快。那年，我赚到了不少钱，不仅可以支付我的各项费用，还可以把儿子送进私立幼儿园。几年之内，我赚进了将近400万美元——其中的大部分都花在了那桩没完没了的离婚官司上。最后，我赢得了儿子的监护权，找回了在这个世界上表达自己心声的权利，与一位作家相恋，写了几本新书，从我前夫手中买回了自己的公寓，并成为我所喜爱的一个小区中的一分子。

那个昔日的"我"已不复存在，她所生活的那个世界也已不见踪影。我并没有新的技能或世界来取代旧世界。也许你也曾落入类似的困境之中，可能还不只是一次。上天赐予我这份禀赋，使我能为这个世界付出一份心力。而这一切却是从最黑暗的那一刻，也就是我以为自己会失去宝贝儿子的那一刻开始的。

我能有这样的转变，靠的不是魔法。我是在吃尽苦头之后才学懂书中这一课的。而你们学起来将会较为轻松，因为去过那里的我将为你指明道路。

☀

你有力量为自己的生命带来积极持久的改变。你可以马上决定自己将拥有一个怎样的未来，就在此刻。确定自己的命运似乎是一种令人害怕的责任，但是，如果你把这一刻搞砸并对此产生误解，那么，你可以在下一刻再次确定你想成为什么样的人。一切取决于你。

如果你正处于危机之中，那么你可能很难相信你自己就有力量改变自己的处境。即便你觉得这辈子完了，也请你至少允许我一步步引领你走向一个更美好的未来，一个会让你快乐的未来，好吗？

我的目标是让你知道危机的能量，并对释放这一变化过程提供支持，使之处在可忍受的范围之内。我们无法避免生活中出现的各种损失，但有意识地生活可以让我们以积极求变的态度来利用任何危机。

✳

危机既是挑战也是契机，它可以揭示我们看重什么，重新发现我们需要什么，重新界定什么让我们感到快乐，重新开创更有意义的生活，并重新配置自我的内在活动。危机迫使我们深入到自己的内心之中。在那里，我们可以找回自己的那些珍贵、深刻但被遗忘的部分。长久以来，这些部分一直被藏在心底，连我们自己都已忘记了它的存在。一旦将这个生命的百宝箱打开，我们便能开创那种不仅将超出我们的期望，也将超出我们的想象的生活。

我知道，让你相信可能是困难的，但是，你眼前的危机却可以成为发生在你身上的最好的事情。事实上，你可以确信危机是发生在你身上的最好的事情，即便在此刻一切看上去好像都已失去时也依然如此。你可能觉得自己犯了错，并为此而厌恶自己，觉得你毁掉了生命中美好的一切，觉得你所热爱或需要的一切已一去不复返。

我去过那里，大多数人也是如此。此刻，你有绝佳的机会去发现你需要什么，以便开创你之前未曾想象到的生活。一只装有天分、渴望和独特秉赋的百宝箱正等着长大成人的你去打开。这只箱子一直被你锁藏起来，不为世人所知。因为你小时候不记事，所以连你自己对其也无从知晓。在经历危机的这一过程中，你将会找到自我，并找到一把钥匙，用它来打开你可以拥有的最美好生活的大门。危机迫使你冲破藩篱，面对新的可能性，它可能会让你感到陌生，但却比你迄今为止所经历的任何事都更真实。

我们将在后面的篇章里探讨这些问题。眼下，还是让我们来关注你的哪些想法、感情、梦想、反应或生活方式让你感到惊讶吧。只是关注，而不作判断。让自己生平第一次发怒，也许是激发真情实感与创造力的第一步。如果你觉得这种状态非同寻常，那你就会感到沮丧。但这种感觉可能就是你了解自己的真实需要和感情并开创美丽人生的途径。

- 近来你有没有什么反常的情绪？

- 你近来的行为和反应有没有什么异常？

- 你有没有注意到发生在你身上或他人身上的新事物？

- 当你注意周围的人时，你把注意力放在哪个方面？你羡慕谁？

每天问问自己这些问题。你目前的任务是，让你对自己而不是你所遇到的危机更感兴趣！像了解一位新朋友那样去了解你自己——你那全新的自我。要有一颗好奇之心，不作任何假设。你将翻开人生光辉璀璨的新篇章——不是因为你遇到了当前的危机，而是因为新生活本身就是如此！

Welcome to Your
Crisis

你是谁？

屡屡浮现的问题待思量

你是谁？思考这个简单的问题远比看它第一眼时所能了解的深奥得多。很多人用自己的职业（律师、木匠、工程师、赛车手）或是和某人的关系（妻子、母亲、挚友）来描述自己。

你将发现，你界定自己的方式多半会决定这个世界如何看待你，也会决定你如何影响这个世界。

由此可带出你的第一个练习。

练习：你是谁？

我希望你用一个句子来回答以下的每个问题。当然，这些问题并没有统一的标准答案。问题是：你是谁？在最近一次遇上危机之前你是怎样的人？你最担心自己是哪一种人？你希望自己是怎样的人？

在接下来的几天、几个礼拜，甚至几年的时间里，你将会不

时地翻阅自己的答案，所以，请准备一个日记本，记下这本书里的所有练习。

讨论

之前我已经提过，你有无数种方式来描述自己。以下是两个范例：

我刚接受了膝盖手术，目前正在康复之中。我曾是一名专业舞蹈演员，现在，我估计自己再也不能跳舞了。真希望自己身体健康，还能去跳舞。

我是一名承包商。我以前是销售员，失业后进入餐饮服务行业。我喜欢这份工作，尽管工作时间有时很长。同以前相比，我现在已没有那么多的闲暇时间了。我想这就是工作自主性提升后要付出的代价。

请留意你是怎么描述和界定自己的。不过，你并不是你所描述的那个自己。你不是原来的那个你。你不是你害怕的那个你。你不是你想要变成的那个你。你是由相互依存的事实和感觉编织出来的网。如果你能实事求是和有条不紊地面对这些事实和感觉，你就将变成为你所欣赏的某个人，你的生命也将变成为你所珍视的东西。

在未来的日子里，随着对本书各章的研读，你对自我的描述也将发生改变。

界定自己的方式决定了你的脆弱程度

接下来，我们界定自己的方式将决定我们在多大的程度上容易受到持续变化的命运的影响，或者有多强的适应能力。

我们在生活中所经历的剧烈变化往往是令人痛苦的，其原因就在于我们对自己描述自己的方式是完全认同的。我们认同自己用周围的结构——我们的工作、我们的人际关系、我们的家庭、

我们的成功——来界定自己的方式。如果足够幸运的话，随着年龄的增长，对于与他人和周围世界的关系，我们便会获得更真切的认识，同时我们也将启动让自我融入到自我之外那无限延伸的过程之中。

这个概念之所以重要，是因为生活中所发生的危机会侵袭你自我意识的核心部分。让人不难理解的是，一个把自己界定为某人妻子的人在婚姻走到尽头时会觉得自己的人生也已经随之终结。一个成功的青年企业家失去了自己的公司，她现在是谁呢？

转变对自我的认识可以让你超越生活的种种局限。的确，这样做可以让你利用这些挑战来丰富你的自我价值和你在生活中享受、开创和获取成功的潜能。

☀

只要你坚持对自己的狭隘界定，那么，不管你面临多少次危机，你都将易受其害。在你经历生活中的重大变动时，你对自我的界定会变得特别难以捉摸：你不再是昔日的你，但是，你也还不是日后要变成的那个人。

知道自己是谁具有重要的意义，不仅与个人有关系，与团体、组织和公司也同样有关系。一家公司自提供产品或服务时起，便开始有了生命。但是，在世界发生改变时，这家公司关于哪件事重要的信念——公司对自我和身份的认识——也必须改变。一个颇具讽刺意味的例子是，苹果电脑的创始人史蒂夫·乔布斯（Steven Jobs）在被迫退出之后，还是要重回苹果执掌帅印，带领这家世界顶级消费类电子产品公司浴火重生。

你是一个生态系统

你会发现，把自己视为一个庞大的生态系统而非孤立的存在，是有益的。

我们来看看这个天然的生态系统及由相互联系的各个部分所组成的庞大网络吧。在任何一个生态系统中，它的各个部分都紧密地连为一体，交织成一个错综复杂而又十分脆弱的系统。

这个系统处在动态平衡之中，任何微弱的变动都会被这个系

统所感知。有时,系统之外的因素会使之发生引人注目的变化。一个新的掠食物种会不期而至。一场持续的干旱会耗尽这一生态系统的水源供应。

这类干扰不会被轻易消除,但会给整个生态系统带来冲击。一个物种灭绝,会给以这一物种为生的另一物种造成威胁。以前被第一物种所掠食的第三个物种会不受节制地繁殖。诸如此类,不一而足。

当然,平衡最终还是会自行重新确立,但这一生态系统将再也不是原来的那一个了。

☀

认知或行为上的微小改变,可以在被称作你的生命的这个内部动力之中引起巨大变化。

我们都有过这样的经验:在漆黑的剧院里,安全出口突然打开,光线冲破黑暗,使我们对周围环境以及我们在这种环境中所处位置的认知发生改变。在生活中,我们常常规避这些光线,生怕这些光线会照亮什么——有时是通过个人成长或行为方面的小小转变,大部分时间是通过他人或外部事件强加给我们的影响。

在这种情况发生时，我们必须作出调整，以便与新的生态系统和我们在其中的新位置相适应。

外在的改变需要和反映内部的改变

作出改变也是困难的，因为我们往往把改变归咎于运气不佳、未曾察觉的个人缺点，或我们无从知晓或无法掌控的外部力量。也就是说，我们往往拒绝为自己生活中的重大改变或动荡承担任何责任。

有些改变不受我们的直接掌控，如随机发生的暴力行动或在自然界随机发生的事件。不过，我们对这些改变所作出的反应，还是处在我们的掌控之下。我们对改变所作的反应是一种有力的手段，可以对改变在我们的生活中发挥多大作用产生影响。

☀

为什么下了决心却总是无法执行？除夕之际，世界各地的人们都做好了开始新生活的准备。新的一年，新的生活。他们以极

大的乐观主义精神和预期为新的一年要做的事情做好准备,以在
过去一年中未能战胜的种种挑战作为要完成的目标来迎接新的
一年。

次日早晨,他们从梦中醒来,期待着能在一天之内破除有生
以来所养成的旧习。他们要减掉 10 磅体重。要取得成功。要找
到真爱。要改善夫妻关系。要改掉拖拉的毛病。要控制自己的脾
气。要在孩子身上多花些时间。下决心时心情舒畅,好像这个世
界充满阳光。

我们心里都明白,唯一的问题是这种修正行为的方法并无效
果。其实,让自己承担难以承担的重负只会让自己一事无成并痛
恨自己。我们的习惯和行为是在一生之中养成的。我们之所以一
心一意地固守那种最不能令人满意的生活方式,仅仅是因为那也
是我们最熟悉的生活方式。虽然我们有丰富的阅历,但让我们以
为仅靠下决心改变就能带来永久性改变的又是什么呢?

※

很多人发现,取得持久的改变是一件难于办到的事。这是因为他们把关注的焦点放在了那道等式错误的"一边"。例如，像减肥这类务实的事情，并不单纯是身体上的改变，而是你的自我经历内在变化时的一种外向反映。大多数的减肥计划之所以以失败告终，是因为减肥者认为，这种改变，也就是减肥本身，是一个过程，而不是某个过程的结果。持久的减肥效果是在我们成为无须过量饮食、多加运动而非懒于活动、通过多种方式而非吃喝来满足自身需要的人之后出现的。

即然如此，那减肥就仅仅是改变的产物了。请花点时间来充分领会这一真理的重要意义。外在的改变反映了内在的改变。要想在这个世界上获得向往的一切——不论是减肥还是升迁，作出内在的改变才是你需要关注的焦点，而外在的改变将会自然而然和不可避免地出现。

☀

当下，你的每一种经历都会影响到你对未来的经历所作出的反应，直到你选定那些能够印证一个特别的信仰体系的经历。所以，界定自己的一个方式，就是看看自己究竟相信什么。

有时，你会对这个世界作出误判。这时，即便没有受到损害，你的核心信仰也会受到挑战。你本以为有个男人将永远与你相伴左右，现在他却突然搬到了另一座城市。你的公司撤销了你的职位。你经历了一场车祸。你有时会遇到突如其来的重大变故。

请留意，在你的现实状况向你的信仰发出挑战，使你面临放弃那些信仰的可能性时，你会产生被出卖的感觉。每一次的损失都会引起被出卖的感觉。

在损失或其他动荡摧毁了你的信仰体系后，你就不再是原来的你了，但这也为你提供了重新开始的可能性。

※

面对我们周围的世界，我们的信仰可以像聚光灯那样发挥作用，但也可以成为一副眼罩。我们的信仰会把对自身构成威胁的事实遮盖起来，也会把支持和强化这些信仰的事实凸显出来。也就是说，我们的信仰体系是精于自我防御的。我们都有自己的盲点，这在我们认为自己是什么人和我们以什么为自己生活的基础等事情上表现得尤其明显。

危机之所以发生，是因为我们的信仰受到了如此猛烈的挑战，以致这些信仰已不再拥有原来的疆界。我们只能倾尽全力，去寻找新的信仰，并以此来规范我们的行动和构建我们的生活。

纵观历史，那些伟大的精神领袖都曾面临过信仰受到猛烈挑战，以致其整个人生都出现质变的时刻。他们为追随其脚步的其他人树立了光辉的榜样。

☀

养育孩子的乐趣之一，是看到他们的智力不是以稳步前行的方式，而是以大跨越的方式向上提升。四岁时，我的儿子相信自己的妈妈知道一切。妈妈即真理。后来，有一天——真是一个特别的日子，我记得清清楚楚，他突然发现，妈妈并不是所有答案都知道。他在这一天开窍了。如今，他已经成了十几岁的少年，认为自己无所不知。但是，等他长大成人了，这个深信不疑的阶段也将发生改变。（"不，不会变。"他说。"会，会变。"我坚定而又耐心地答

道。"你什么都不知道。"他顶嘴。那我就耐心等待吧。)

✳

　　你就是你自己所认为的那种人。你生活在自己所认为的那个世界里。你在这个世界上所看到的一切,以及你的种种冲动或动机,都受到你的信仰的制约和支撑。当你不再能够为那个现实提供证明,当你的信仰不再允许你有效地发挥作用时,你就会经历危机了。

　　我丈夫和我开始办理离婚手续时我 35 岁。我的儿子当时两岁。从怀孕时起我便开始和丈夫分居,但对我来说,离婚诉讼仍是一个令人恐怖的新天地。

　　打离婚官司时,我在法院里遇到了一群与我有相同遭遇的女人,我们日复一日地把精力耗在这种花费不菲而又野蛮的离婚诉讼过程中。为了确保自己取得孩子的监护权,我们不得不向一位陌生人——法官——证明没有丈夫我们也能养活自己,尽管私下里我们对这一点也没有把握。我们不得不摆出一副自信的面孔,在那些连街头小报也懒得刊载的指控面前,表现出坚不可摧的样子。

实际上，单独抚养子女、忍受令人心碎的司法程序、为我们的律师支付费用、身陷入不敷出的窘境，这些重压是如此巨大，以至于令我们根本不信还能得到多少回报。我们曾经拥有的安全感，有时甚至是富足的生活，已被毁得无法修复。生活已经变得大不如前。

然而，在这无休无止的离婚过程的某个时刻，有件事情"敲醒了"我们中的每一个人——一种发自内心且可感知的改变。具有讽刺意味的是，我们对装出来的勇气和自信已变得如此熟悉，以致我们竟开始相信自己具备这些优点，并开始将它们表现出来！随着自己的信仰发生改变，我们也有了请求老板们给我们工作、改变与律师打交道的方式、试图用自己的天赋来取得成功的勇气。随着我们对自己的看法发生改变，我们也能够把握身边的机会了。

至今，我仍对我们作为一个群体并且几乎于同时发生个人的转变感到不可思议。如今，没有哪个人会把我们之中的任何一个

人看作或想象成脆弱无助、惊慌失措、依赖他人的女子，而在不久之前，我们恰恰就是这副模样，期盼别人来倾听我们的心声。

*

在我们需要为适应变化而调整自己的那些时刻，我们所珍视的内在反应和范式——支撑我们走到此刻——会成为我们迈向成功的绊脚石。新年的决心之所以无法得到贯彻，原因就在于我们要求自己作出一系列改变，却忽略了这个生态系统中相互依存的许多其他部分。需要减肥、寻找较好工作、改善关系的人们需要改变其生态系统中的某些东西——他们的行为模式、周围环境、认知或与他人的关系，由此而达成的那个目标就是一个自然而然和可持续的结果。

在你的信仰发生改变，而生活却没有随之改变时，到头来你还是摆脱不掉惨淡的生活，在一种你不再置身其中的生活或世界里奋力维护你的信仰。卡伦就是这样的例子。

卡伦是一位广告天才。她可以想出办法为无用之物进行包装，从而勾起你的购买欲望。周围的人总是对她的工作大加赞赏，但她却清楚地知道她对自己的工作和高超的能力并不在乎。她想做的只是嫁人为妻，养育子女，找到一个惦记自己的人。对她来说，这些需要意味着一切。

遗憾的是，她建立的那些关系却形同灾难。她找的那些男人要么不合适，要么高不可攀。上个月，她会因坠入情网而欣喜异常；下个月，她又会因痛失恋人而心力交瘁。很多才疏学浅的人平步青云，并将本可让她一展才华的项目揽入手中。很多姿色平平的女性也都结婚生子，尽享天伦。而卡伦，这个形单影只、满怀焦虑、三十有九的剩女，却依然事业爱情两茫茫。她把自己的才能放在光谱的"虚端"，又把内心的幻想放在"实端"，从而使自己无法有效地开发两方面的潜力。

在你的生活中，一切都自有其重要性，没有无价值的东西。

要改变你的世界，必须先改变你自己

爱因斯坦的相对论使科学家们看待宇宙的方式发生了革命性

的改变,并最终导致了核能的发现。但是,相对论并不仅仅是科学家可资利用的工具,它是人人皆可运用的思维利器。这个观点将使你看待自己的方式发生革命性的改变,也将赋予你难以言喻的力量去塑造你的世界。

你不是单一、孤立的微弱能量。你可以创造由能量、关系和结果构成的场。如果你的世界有了改变,那你也会有所改变。相对论昭示我们,这种动能也可以产生反向作用;如果你有了改变,你的世界也会有所改变——宇宙也会有所改变。

如果你想改变你的世界,那就先从改变自己着手。在你有了改变时,你会把这些改变传递到你的世界,并使宇宙间万物的动能发生变化。当你阅读着本页上的文字时,你和你的周围也正在发生改变。

在采取这些步骤时,我们会改变自己身为其中一部分的这个宇宙。要改变你的世界,必须先改变你自己。反之亦然:在你成为自己的主人后,你也就成了周围环境的主人。

Welcome to Your

Crisis

你遇上危机了吗?

　　这是一本开启新生活的书。我们为什么要开启新的生活？因为我们与我们的旧生活都处在危机之中。

☀

　　你的生活出现危机了吗？

　　我之所以这样问，是因为危机并不总以紧急情况的面貌出现。我们总以为危机是巨大而又剧烈的——就连我们生活中所发生的美好的重大事件也可以引发危机，但是，我们生活中的大多数危机却没有为我们所察觉，而是被我们当成了别的事情。紧急情况至少是显而易见的，能立即引起我们的注意。

　　生活中的大多数危机更难以捉摸，更不易为人所察觉——但对我们福祉的威胁却丝毫不减。看似平静的生活可以掩盖一场业已存在的尖锐危机。

　　下面的问题可以帮助你分辨自己的生活中是否有危机存在：

　　● 在你的生活中是否少了某些重要的东西——欢笑、成就、情感？

● 你是否想对生活中的某些事物作出改变，却又不知如何下手？

● 你有没有"失位"或"不是自己"的感觉？你有没有觉得"被困住了？"

● 你近来是不是很容易对周围的人发脾气？

● 是不是小小的不如意就会让你唉声叹气？

● 你是否遭遇了损失？

● 你近来是否发生了改变（好的或坏的）并因此而感到茫然？

● 你经常伤心吗？

● 你是否觉得负担过重了？

● 你是不是很少想起自己做过的梦，如果确实想过的话？

● 你感到绝望吗？

● 你总觉得事情不对劲吗？

● 你是不是觉得想象一个令人满意的未来是件难事？

● 你是否怀念过去？

如果你对上述问题中的任何一个给出了肯定的回答，那就说明你可能正处在危机之中。

好。危机是个美妙的地方，可以开创更美好的生活。

※

在我最喜欢的客户语录里，有一句是这样说的："我的生活很棒，但我却过得一团糟！"

如果你生活的外延部分——工作、人际关系、生活方式——运行正常，但你总有不对劲或缺少了什么的感觉的话，那你的生活就很有可能已处在危机之中了。

为现代生活所特有的普遍性忧郁，大多源于难以表述的危机。痛苦的内在根源、难以言表的空虚和忧伤。我们都有这方面的体验，这都是生命中的死域。

这些感觉可能是你的生活已步入危机阶段的信号。这些"实有"或"虚无"之地便是生活中危机四伏的高风险地带。倾听自己在谈话中随意说出的话语。"我只在乎我的婚姻。"或"我没有力气去保持身材。"这些表态都是危机即将到来的前兆。

何谓危机?

"危机"一词源自古希腊，意指作决定。危机是一种情势，它迫使你作出决定。你不作决定也避免不了危机，其原因就在于，即使下决心不作决定，那其实也是一种决定。

✳

临床上把让我们无法有效处理事务的任何改变称作"创伤"。我们将使用相对简单的词，即危机。

危机可以由单一的重大事件，或者是在足够长的一段时间里累积下来的一连串小打击所引起。危机可以给我们带来深刻而持久的伤害，改变我们看待自己的方式并严重损害我们有效行动的能力。

✳

在生活的某个领域发生危机时，它的影响会波及到生活的每一个其他领域。意义深远的改变就是这样发生的。先来说说你丢掉了饭碗。不仅你的生计出了问题，你生活的每个方面也都或多或少地受到了影响。

改变和危机——是生活的一部分

我们的生活时时都在发生着改变，只要我们渐进地作些小小的调整，大体上我们就能有效地应付这些日常的改变。

不过，生活中还是会偶尔出现一些我们无法有效处理的重大改变：丢掉工作、长期关系出现破裂、罹患重病、财务困窘。

然而，即使没有剧烈的动荡，甚至在井然有序的日常生活中积累起来的变化，也会带来甚为严重的挑战。最终，你的旧我再也无法有效地运作（或者无法有效地体验，因为有些人虽能有效地运作，却体验不到快乐）。

危机在这一时刻已降临到你的生活之中，其日益加剧的诸项挑战将迫使你的生活发生一场革命。如果这场革命没有发生，那你的生活就会被拦腰斩断，尤其是你将与身边的机会就此绝缘。

一句话，你将长期持续地生活在危机之中。

☀

有两种向前运动的基本方式，即进化和革命。进化由渐进的细小变化构成，然其结果却可以是完全的质变。

进化的终极目标是淘汰自身，"经过进化"的存在不再与其原始结构相像，也不再与原来的环境相适应。子宫里的婴儿如不降生到一个新的世界（假如这个婴儿坚持留在母体之内），就会在母体里成长，直到子宫无法容纳，并最终走向死亡。

相对而言，革命则具有突然性、震撼性和挑战性。你可以被迫接受，也可以成为它的催化剂。革命要求我们去面对我们未曾准备去应对的问题。为了生存，我们必须深入发掘我们自己。我们会对朋友、小区、家庭提出新的要求，因为我们必须迅速而突然地对全新和陌生的挑战作出回应。

革命完成后，往往需要完成扫除工作。这项工作涉及情感、财务、身体、心智及灵魂等层面，可以在革命彻底完成之后花去数年时间。

☀

充满激情的虚构小说有个经典的定式，即先引入主人公。然后迫使主人公爬到树上。然后朝孤立无援的主人公抛掷石头。最后，赋予主人公以足够的资源，从树上下来。

请留意，在主人公最终从树上下来后，她所处的世界也出现了同样的变化。同时也请留意，这位主人公会最终发现自己又爬上了另一棵树。

这种定式不仅是虚构小说中的范式，它也是我们生活中的范式。

我们的日常生活过得相对顺利——起码表面如此。当然，并不总是没有烦恼，但尚无难于应对之事。

但是，渐渐的，我们的问题于不知不觉之中——有时又是突然地和毫无征兆地——累积到了某种程度，这时我们才突然意识到自己已陷入危机之中，需要我们全神贯注、全力以赴地加以化解。此刻，我们攀至树上，石头正朝我们袭来。

如果我们了解这是个什么样的过程和宇宙加诸在我们身上的

是什么课题，那我们便会明白，要想经受这一危机，我们必须改变我们处理事情的先后顺序、我们的行为、我们的认知或者我们的意识，或者是这一切。

随后，危机过去，我们也在新的生活中重新为自己找到了方向。有时，我们不能吸取教训，于是，我们便依然活在同一个危机和另一个取而代之的危机之中。

练习：转换一下

如果你是一位超级英雄，或是一个可以解决所遇危机的人，那你将成为什么人？

现在就试着做那个人。只当一会儿这样的英雄。认真地试着当一下这个人，看看是否合适。把自己当成这个人，并起身在屋子里转一转。

这个人的心中会有怎样的感觉？他有什么样的能力、渴望和自我表达方式？在你化作那个人并朝四周看时，你注意到了什么？

真实地装作这个人就在你的体内，你正在变成那个能够解决你的危机的人。作为那个人，你会有什么样的想法、什么样的感觉？你在看待和体验你的状况时会有多大的不同？

通过简单扼要和持续不断地做这个练习，你将会发现自己身上具有一些可以指导你有效解决危机的技能、洞察力和想法。每做一次这个练习，你都会发现新的感受、洞察力和内在的转变在形成。这种体验将随着你发生改变而改变。同你所知道的你相比，你已经改变了许多。即使你现在并不知道自己的梦想是什么，你也能拥有那些梦想。

你必须成为那个人并使危机得到解决。在一开始时，这似乎是不可能办到的事。如果你的未婚夫和一个更年轻的人跑了，而你觉得自己需要变成一个 20 岁的人才能再次找到心上人，那你怎么才能成为那样的人呢？这一点你大概办不到（尽管我已经见识过一些奇迹般的转变）。不过，在做这个练习时，你会发现那

些成为 20 岁的人所必需的品质，并把这些品质添加到你现在已经变成的那个人的力量之中。这种转变不会在一夜之间发生；这是一个充满活力的持续的过程。

来看看艾伦的情况。艾伦是一所学校的校长。她的丈夫找了一个更年轻更富有的女人（伤害之外又加以侮辱），并结束了他们 20 年的婚姻。痛苦折磨着艾伦；她的两个孩子因感觉被父母抛弃而产生的愤怒情绪也同样让艾伦深感不安。在五十出头时，艾伦觉得自己在"美好的"岁月里付出的一切都已付诸东流。对艾伦来说，就连做这个超级英雄练习的愿望都很难产生——所以，用她来说明这个练习能起到何种作用将是再合适不过的了。

劳拉：如果你能成为一个此刻就让你的生活奇迹般恢复正常的人，那你想当谁？

艾伦：就当一个没有蠢到同那个浑蛋一道生活的人吧。

劳拉：那——在你看来——就是过去的你。让我们就从那儿开始。为了能说了算，你现在可以成为谁？

艾伦：我不知道。

劳拉：好，你可以是个不知道的人。作为你的超级英雄，你不知道。待在那个位置上得有勇气才行。某个承认自己不知道的人。你为何不作为某个不知道的人站起身来在屋子里转一转。你不知道出了什么事，也不知道会出什么事。你不知道自己是谁，也不知道自己不是谁。你不知道。这个人心里会怎么想？

艾伦：她会觉得在这个房间里走来走去很傻。她觉得好像每个人都在看她。她觉得，由于自己最终引起了大家的注意，所以她应该借此为自己做点有益的事。

劳拉：很好。现在，你能否说"我"而不说"她"？现在你想要什么？你看到周围有什么？

艾伦：我看到每个人都很关心。我一直觉得很丢人，觉得自己就像是被人用完了就抛弃的废物，但在我环顾四周，不知道如何是好时，我发觉好像每个人都想帮助我，我也开始有了接受别人帮助的愿望。我知道自己在很长的时间里一直感到孤独。为了让吉姆（她丈夫）高兴，我什么事都试过，但最终还是毫无成效。我觉得，仅凭和其他人在一起，我就可以真正地帮助他们。我知道，我的许多朋友也是这样对待我的。

劳拉：那就把自己当成这个人，在屋里四处走走。某个愿意付出，但长期以来却给错了对象的人。做这样一个新人有什么感觉？

艾伦：我觉得好像是还没等别人邀请就自己邀请自己去参加聚会，拿自己的处境开了个玩笑。我觉得自己好像是在告诉自己的孩子，事情就是这样，我们会一块儿把它想清楚，但我们现在就得尝试新的东西。我想感谢你们大家邀请我和我的孩子们走入你们的生活，来这里度周末，让我的孩子觉得自己很特别，而不是因为我们面临着新的局面而觉得自己是受害者。我觉得，陷入婚姻泥潭这件事恰恰可以让我去和自己真正喜欢的人结婚，而不是和糟糕的人、恶心的人结婚。在我把自己当成这个新人走来走去时，我觉得在你们面前自己很有魅力，就像你们欣赏我的心似的。我觉得自己能够找到欣赏我心的男人，即便这颗心藏在一个逐渐老去的身体里。此刻，我确实觉得自己拥有真正的美。这么说让我感到难堪，但我确实有这种感觉。即便在他离开之前，如果我想到这一点，我也并不觉得开心。我需要一个跟我一样对生命有深刻感受的人。我的前夫只会一味回避，把体育赛事、电影、旅行当作回避的借口，所做的每一件事都是为了回避我想要的。现在，也许我的机会来了。

劳拉：那么，作为你的超级英雄，你又是谁呢？

艾伦：我是某个不知道的人，但我相信我是某个有信仰的人。

请注意，在做这个练习时，艾伦提到了她最初认为是自己失败及无能的地方。这个练习让她发现，就连这些无能之处也可以变成自己的"强项"。

❋

除非为适应变化而进行调整，否则我们只会陷入愤怒、焦虑，甚至是抑郁的情绪当中。我们会变得麻木不仁，在我们是谁和我们会变成谁之间呆滞不动。来看看埃玛的情况。

对埃玛来说，让自己的家人以某种特定的方式生活是最重要的事。别的事她几乎不做。结婚之后,她把自己的大部分时间都投入到效益好、收入高的工作上。连怀孕生产期间,或全家暑期旅游时,她也依然心系工作,只有在周末她才去探望孩子。她独自挑起养家糊口的重担,丈夫虽然从事过短暂的创意工作,但随后便不再工作。由于家境富裕,所以,她的丈夫虽然赋闲在家,对家庭却贡献甚少。

结婚之初,对于自己能为家人提供一份自己当年都期望不已的生活,埃玛感到无比自豪。然而,她的丈夫却开始处处找碴。不但不对她的奉献表示感激,反而开始埋怨和辱骂她。

埃玛固守着一个信念:自己的家庭运转正常,虽然发现家中只有自己一人在贡献力量,但此后很长时间,她依然把工作当作自己贡献力量的方式。她的儿子也开始对她恶语相向,和父亲一样怨气十足。她的女儿不爱说话又很忧郁,不知道该如何理解母亲的那种假装视而不见的烦恼。

埃玛开始对自己所热衷的活动失去了兴趣,体重也开始下降。她曾是一位漂亮的少妇,但几年下来,却变得形容枯槁,皱纹满面。身上病症接连出现。心悸、失眠、胃病、妇女病。她把这些毛病归咎于日渐衰老。她的朋友都知道她丈夫有了外遇，而她却仍被蒙在鼓里。

最后，她得知了丈夫的一件风流韵事。这次危机解决了她多年来不敢言说的多个问题。她觉得自己的生活好像已走到尽头，自己为之付出的努力都已化为泡影，但这场危机却使她得以采取行动：她开始重申她对孩子和生活所拥有的权利。

埃玛意识到，供养他人并不是她应该扮演的唯一角色。她意识到，生活是由很多要素组成的，自己之所以逐渐变老，就是因为这些要素已不复存在。她把这点牢记于心，开始了重建生活的征程。现在，她把关注的重点放在了自己的烦恼上，每天一次，从根子上来解决问题。她的丈夫拿到了自己的那一份，靠这部分权益，他的余生将衣食无忧。

她拿到了本属于自己但一直没能享有的一切——两个可爱的孩子、人人称羡的事业、发自内心的愉悦、感情上的慷慨付出。我看到了等待着她的美好未来，更重要的是，她也看到了。

危机是看似如祸实则为福之事。危机迫使你去开创新的生活，一种能对你的深层需求作出回应的生活。危机不允许我们"勉强度日"或在生活中肆意压制自己未曾表现出来的需要和未曾实现的梦想。危机使现状发生变化，促使你重新评估生活中的人与事，纠正错误，为自己带来喜悦与成功。

✲

危机是迟来的转变。当然，并非所有的灾难我们都能轻易承受。不过，在我们赋予自己必要的技能和支持后，生活中的任何改变都能把我们带到更稳固和更可靠的地方。可靠意味着，在生活中要做那个你为之感到自豪的人，而这种生活将为你提供充分表现你自己的机会。

快乐的生活就是为应对危机而制订的预案。多学一些处理危机的技能，你的生活也会在方方面面变得更加精彩。学习如何驾驭危机就是学习如何驾驭生命，因为危机是人类生存的一个基本组成部分。

危机鞭策人成长

我生来就善于从苦难中逃生。甚至在考验我求生意志的那个时期，我也是一直把一只脚放在另一只脚的前面，能够最终做到大步向前。

年轻时，我把我的求生技能归功于运气、信仰，或我的独特气质。然而，这些长处却时不时地令我寒心。在这颗行星上行走45个年头——其中的20年与身陷危机的人一起度过——之后，我才明白，是什么造就了幸存者和罹难者。从某种意义上讲，我们都是罹难者。是跌入谷底之后我们所做的事情，决定了我们是否还是幸存者。

我想讲一讲我的经历，这样，你就可以看出，我为何如此钟情于这部作品。我在人生中所遭遇的最糟糕的事，最后竟变成了看似如祸实则为福之事。

我的经历

在我自己和我的生活方面，我最爱的是：我的儿子及家庭，直觉，培养、教育、疗愈他人的能力，想象力，谨慎和敏锐，忠实、热情和超凡脱俗的爱人方式、在任何情况下发现或开创自己需求的能力。

14 岁生日刚过两天，最令人不堪忍受的梦魇降临在我的身上。刹那间，我的梦想全部破灭，信念也被全部打破。生活的每一个架构都被打翻在地。然而，我所爱的一切却也在那一天诞生了。

我在相貌上与父亲相似，在性格上也同父亲一样喜欢控制，敢于负责。但是，无论从哪方面看，我都是妈妈的女儿。我想象不出还有哪个人或哪种事物比我母亲更美。她给了我写诗作画的灵感，并培养了我的自豪感和奉献精神。从我开始记事时起，我的母亲就是我这片天地的中心和全部。她若是要我去死，我也会毫不犹豫地照办。我满怀热情地献出一切，为的就是让她永远活在世上（请记住，那时，我离满 16 岁还差好几年呢）。我从未羡慕过其他任何人的家庭。

我拥有最神奇的母亲。我依然记得那天早上她带我第一次走进校门时的情景。让我最感骄傲的是，世人都看到了她属于我这一点。尽管她饱受抑郁症的多年折磨，曾屡次试图自杀，与父亲离异，为争夺子女监护权陷入苦战，但对我而言，唯一的恐惧却是失去她，唯一的愿望则是守在她的身旁，永不离去。

我知道我将始终与她生活在一起。我知道。毕竟，我需要她，而她也需要我。我的所有体验都是生动鲜活的，可以带回家中与她一道分享。我是四个孩子中的老大，但我却觉得自己好像是家中的独苗；我当然是她活在世上的唯一寄托。我至今还保留着她的来信，她在信中对我说，是我让她看到了活下去的希望。

我母亲去世时，她和我父亲的离婚官司正打得不可开交。我被迫与父亲同住，与母亲相隔万里。我和父亲关系紧张。我每天都绞尽脑汁、想方设法，一定要回到母亲身边。我给别人看过小

孩，为的是赚到钱后可以给身在堪萨斯娘家居住的她打电话。我很少向父亲伸手，为的是不依赖这个我迟早都要离开的人。我没时间交朋友，也没钱看电影。我只想着和母亲一起生活。任何其他的事都不重要。

我把自己的 14 年时间全部花在了努力让母亲活着这件事上。我的母亲患有躁狂抑郁症，在状况好时，她心情愉快，充满创意，温暖慈爱。然而，在状况不好——大部分时间均是这样——时，她便处在极度痛苦之中，或出现自杀的想法，或整日昏睡。

说来奇怪，在一个重大事件发生后的许多年里，我们仍然能够想起很多细节。那是我 14 岁生日之后的第二天。当时，我正与好友史桂姬和另外几位朋友一起在费城参加乒乓球锦标赛。那里的一位男孩儿诙谐且充满柔情地给我取了个绰号"水壶"。这个绰号让我注意到，自己终于长出了小小的乳房。我还在那届锦标赛上新交了一个最好的朋友。她没有母亲，只有一位当保安且牙齿几乎掉光的父亲。我疯狂地爱上了她的哥哥。

已到了夜里 11 点。我刚从费城回到家中。一天下来，我感到疲惫，但也很兴奋。我来到楼下史桂姬家的公寓。我正准备吃硬面包圈时，父亲突然打来电话，要我立刻上楼回自家公寓。他当时正坐在房间右侧远端角落里的一张大木桌旁。在我走进来，手里还拿着那只面包圈时，他从桌旁站了起来，他因我回来晚了而大发脾气。"你母亲死了，"他说道，"去照顾你的弟弟妹妹吧！"

霎时间，我的生活变得如梦幻一般。我扔掉那只面包圈，倒在了地板上，这与其说是因为眩晕，还不如说是因为我不知道还能干什么。感觉自己像是在演电影；在母亲去世的一幕里，再也没有比这个动作更真实的东西了。

在两天前，也就是我生日那天，我刚刚给她拨过电话。我从费城给她拨了一整天电话，但就是没人接听。我知道我的母亲有自杀倾向，所以，如果和她联系不上，我通常都会待在她的身边。然而，在这一天，我的恋情和我新交的最好朋友已把我搞得魂不守舍，以致子女对长辈的关注之情竟被挤到了意识的某个角落，让我得到一个罕见的机会，可以做个无忧无虑的 14 岁孩子了。

你可能会以为，在她去世之后，我的世界会变得支离破碎，但这种情况并没有出现。我不停地为她写诗，跟她说话，回想我进入梦乡时她的味道。我四处寻找她的踪影。我无非是不想承认她已远去。

接着，在五年之后的一天，我终天感受到了这一损失的严重性：我的母亲死了！我精心构建——在否认这个不稳的地基上建造——的世界已经分崩离析。我也同样垮掉了。未出一年，我便结了婚，差点儿退学。从核战争到梦幻中的蜘蛛网，所有的事情，都让我深感焦虑。我变得麻木不仁，并在随后的十年里毫无改观。

我母亲在世时，我培养出了一种近乎完美的直觉能力，所以我能准确地预测她的抑郁症状及自杀企图会在何时出现，但让她活下来的终极努力却并未奏效。由于在预测母亲病情时我的直觉能力有时会稍晚一点才向我发出警示，所以我又培养出了疗愈的能力，即在这种时候转换能量和改变意识的能力。母亲去世后，我变成了一名治疗师，与绝症患者一起努力，并作为直觉疗愈者来预测灾难（如果不能防止的话），继续为这同一斗争而奋战。

在那几年里，我继续寻找我的母亲，即使明白她早已不在人世，我也依然如此。为了找到她，我的知觉触及到如此遥远的地方，竟使我获得了一种本已存在却从未为我所发现的技能。我的视力可以进入任何事物——他人、未来、从未想象到的可能性——之中，而且可以将所见到的事物精确详尽地描述出来。由于我母亲有精神病史，我欢迎对我的直觉及疗愈能力进行检测的任何机会，其中，来自科学界的质疑尤其为我所乐见。这项神奇的本领使我一时声名大噪，并得到了广泛的报导。

多年之后，在我离婚时，我的直觉能力帮助我写出了一本可使他人训练自己直觉的《纽约时报》畅销书。在试图用我自己的前14年来疗愈我的母亲之后，我开始寻找需要愈疗的人，并在这一过程中获得了享誉世界的名声。

我在母亲去世后建立一个属于自己且包括母亲在内的小世界的需要，使我有能力为自己的家人开创一个安全和美好的世界。

我家的阁楼是我和儿子与朋友们的"聚会的场所"。我在家里工作，置身于我的小世界之中，同时与外面的大千世界自由地接触。

所以，你可以看到，在我身上发生的最糟境遇，其实是一件看似如祸实则为福的事。

·

我的母亲在我 14 岁生日后的第二天自杀身亡。自此之后，我便在 3 月 22 日这一天庆祝自己的生日——并在 48 小时之后纪念我母亲的忌日。我的童年始终是在警觉和做好准备的状态中度过的。为了让母亲活下来，我失去了正常的童年生活。但在我的损失之中却潜藏着一件有价值的礼物。我能够变成今天的我——拥有我所热爱的生活、目光远及边界之外的能力、疗愈他人的能力——也是源自于我在童年时代所遭遇的这一重大损失。

母亲去世 19 年后，在她的忌日前夕，我的儿子来到了这个世界——就在我生日那天。

☀

　　在我们经历造成创伤的各种事件并忍受巨大的痛苦和折磨时，拥有可以发现看似如祸实则为福之事的知觉是很难的。丧母之后，我花了好几年时间才彻底搞清了这个宇宙给了我哪些补偿。

　　本书中的所有练习，旨在帮助你加快这个过程，这样，你便可以更加充分地接纳这个全新的自我和这种全新的生活。这一切都是每一次危机带给你的礼物。

练习：危机治疗

想想以下的问题：

- 你爱自己的哪一点？你爱生活的哪个方面？
- 在你身上发生的最惨的事是什么？
- 如果此事从未发生，那你目前会过一种什么样的生活？

把你的回答记在日记本里。

在接下来的数天和数周内，请你在阅读本书并对自己和生活有了更多认识时，回过头来再看看这些问题。就像我一样，你也会发现，在你身上发生的最糟糕的事，给你和你的生活带来了许多宝贵的和实在的东西。

※

在我们不得不因为危机和损失，以及使我们的生活发生改变的名声或好运而达到我们难以企及的境地时，我们会获得属于我们自己的才能。每当我取笑我父亲年华老去时（当然，当时他还没有我现在大），他总是这样回答："那也比非作选择不可好。"研究显示，重大创伤所带来的最常见的结果，不是创伤之后出现的压力失衡，而是实质性的个人成长。

在我们缺乏按照自己的意志求得进化的勇气时，危机便成为我们自身进化的一种方式。即使你不接受这套理论，你也别无选择，你只有在生活中向前迈进这一条路可走。重要的问题并不是

"为什么这种事会发生在我的身上"或者"这种事是怎么发生的",而是"我是谁"和"凭借我目前所拥有的,我想去哪里"。你的回答可以是"我想挽回婚姻"或"我想成为被骗之前的我",亦或"回到母亲死去之前",等等。

你可以用另一种方式来实现这种自我进化的心愿——去探寻你真正缺少某种东西的根源所在,并记住惆怅多由内疚所引起。我们往往用童年时自己能够掌控全世界以及如果我们只做这件事或那件事,我们就不会处在如今所处的痛苦之中的幻想来折磨自己。

在我失去母亲——当然是失去了——时,我曾想让她回到我的身边。然而,我有此想法,其根本原因还是渴望自己能与另外一个如我母亲一般用爱与关怀呵护我的人发生联系。

✳

危机会让你的世界遭受猛烈的冲击。在你的生活面临危机时,你并没别的选择:要么成长,要么陷于瘫痪。

继续生存并非只是能够继续呼吸。继续生存是指将每一次危机或改变都转换为一种更坚强、更有效和更令人满意的生活能力。继续生存是指摒弃过去的你,让自己成长为更加快乐、更有见识的人的能力。

终点即起点——如果我们允许它们这样转变的话。不过,由于我们发现放弃绝非易事,所以,我们能否把自己带到更美好的境地还是个未知数。

生活的真谛是学习如何放弃——放弃恐惧、梦想、人和处境——以到达更美好的境地。

我们把自己的生命看成是一条笔直的路径。想想我们的职业吧。职业生涯一词源于较为古老的语词,意指"道路",后来则有"赛道"之意。

抱着对生命的这种信念,我们便不应该对我们每个人在职业生涯看上去已经——于高速猛冲或缓慢跋行之中——失去控制,或者日渐偏离赛道时体验到的巨大恐慌而惊奇。

真实的情况有很大的不同。我们的生活其实是一连串持续扩展的循环。而我们则在其中用一个自我与人生换取另一个自我与人生。

在我们看不到这个过程并自始至终与之战斗时，我们便会陷入困境。

☀

记住：危机是作出引人注目和积极改变的机会。按理说，事物应该发生改变，以把你带到更美好的境地。不这样看待人生的人，就只能陷在终点之中。

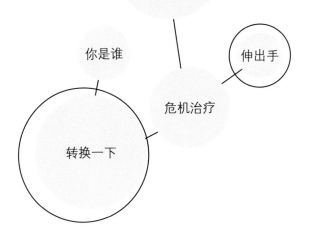

把货物运上
你的卡车

你是谁

伸出手

危机治疗

转换一下

Welcome to Your

Crisis

新生活正在等待你，只要你放下旧生活

几年前，我曾独自一人坐在纽约市自然博物馆附近的一家咖啡馆喝茶。时值二月初。通常在此时，寒冷的冬天已进入尾声，这也是一年当中我最不喜爱的季节。

不过，那年是个暖冬。事实上，纽约的气候暖和得彷佛一直沐浴在初秋里，好像冬天未曾来临似的。

我欣赏着博物馆前的别样景致以及咖啡馆落地窗外熙来攘往的人群，蓦然间，我的目光被一个特殊景象所掳获。咖啡馆外，和我只有一窗之隔的一棵落叶树依然枝叶繁茂（别忘了，当时正是冬季）。

我突然想到，由于秋天到初冬这段时间气温不够寒冷，因而树木没有接到讯号，不知道落叶时节已到。再过几个礼拜春天就要来临，嫩芽就要从原本光秃秃的枝头冒出来，想到这里我像是被针扎了一下。

我寻思着，这棵树要如何解决这个两难的处境？旧叶还在，新的嫩芽该如何从枝头冒出来？

我往往会想到这棵树，尤其是在我想着人往往紧抓着早已逝去的旧生活，却把崭新而更有活力的新生活挡在心门之外的时候。

✳

要想过上好生活，并按照生活对我们的要求作出相应的转变，我们就得有意识地练就一种本领，即放开过去并随时准备好开创新未来。你所建立的新生活便是转危为安之后的一份收获。

✳

当我们还是母体里的胚胎时，我们的知觉与能力便开始缓慢地发育。开始时，由于妊娠的前几个月胚胎脑部尚未形成，我们是毫无意识的。但慢慢地，我们的四肢、器官、知觉，包括自我存在的意识都会逐渐形成。

受孕后的某个时间点上，我们便获得了觉知的能力，能够自主地决定自身的行动，并用新的方法适应新环境。一旦我们有能力做到这一点，我们所在的环境（子宫）就会变得狭窄，我们便分泌出所需的荷尔蒙催促母体生产。

诞生之际，我们把熟悉的世界抛在后头，任由过去的那些适应机制被淘汰，因为它们已无用武之地，我们得作出改变。事实上，倘若我们一直赖在子宫这个旧环境里，我们将因无法降生到这个世上而死亡。

所以说，子宫里的胎儿于出生时重获新生，他（她）要自行呼吸，为得到食物、温暖、安全而与外界沟通。一旦经历了这种变化——失落了你在子宫内曾有的"自我"，你便毫无退路。摆在你眼前的形势是：过去的你，已经不复存在。

毫无退路，这是人类的悲剧。然而，人总是在向前走，这也是人所拥有的神圣天赋与特权。

※

人生的目标本该是越过经验的崇山峻岭，以追寻更新、更强、更有智慧、更喜悦、更美妙的自我。但我们却执意沉溺于过去——无论好坏，最终无法自拔。

放手不易

要想活得充实，你得愿意放下自己。这绝不是一项简单的任务，因为不管我们的生活多么混乱无序，是它界定了我们，我们也靠它界定自身。

人生最困难的事情就是放下过去。所有你定义为"身家"的一切都只属于过去。

人生会带来种种际遇，要你放下过去或者别的什么。你无法知道某段情感会结束，也不会知道自己作出的有关离职、离开某个城镇或换种方式看待自身的决定其实是正确的。且看吉米的例子。

吉米 12 岁时丧母，父亲也于第二年去世。失去双亲后，长岛的一户人家收养了吉米和他的弟弟。

尽管父亲在世时，兄弟二人都对父亲充满了深深的依恋，且都很依赖原先的家庭，但兄弟俩对这次危机的反应大不相同。只比哥哥吉米小一岁的弟弟克里斯，极力排斥所有的变故，他拒绝转学、厌恶寄养家庭，还老是回到纽约市找乐子——尽管长岛不乏玩乐的去处。他不怎么结交新朋友，还经常逃学，整天和纽约市的一帮旧友鬼混。他理所当然地沉迷于已经逝去的旧生活，换了一个又一个寄养家庭，而我最后一次听到他的消息时，他正在坐牢。

哥哥吉米则努力融入新的家庭。他加入了足球队，尽管他以前和城里孩子玩的是西洋棋。他不愿这辈子永远寄人篱下，于是把全副精力放在学业上，希望能考上好大学。他打听到州里能为寄养子女提供的机会，并竭力地争取。他有了新的生活，并充分利用新生活带给他的每一次机会。

直到吉米大学毕业、成家立业并等着第一个孩子出生之际（他在很年轻时便完成了这一切），他才强烈地感受到自己内心深处的哀伤。不过，当哀伤袭来时，他已经有了自己的家、爱他的妻子，以及即将到来的新生命。在为过去的失落感到哀伤的同时，他也为自己的获得与拥有感到庆幸。

反观克里斯，他无法放下过去。他依然是那个长不大的孩子，被双亲宠爱，仍然生活在他熟悉的纽约市。这个小男孩寻觅着早已不复存在的家，无法让自己成为一个能利用新环境的人。

吉米则一步步踏实地往前走。他学会了观察、改变、适应、规划，最后终于找到了"回家"的路，建立了自己的家。为了做到这一切，他不得不放下从前深爱的生活。眷恋过去只会给自己带来伤害。

※

学习把生活过得好的艺术，意味着要学会放手。放手的智慧与能力将带给我们喜悦和成就。

我们都明白，放弃生活中对我们有害的事物是何等重要：一段伤神的恋情、一份劳而无益的工作，等等。但抛开这些之前，你得先放下与这些事紧密相联的自我认知。

让人惊奇的是，更新自我认知的能力是我们从小就十分熟稔的技巧。我们大半的童年时光都在发展实用的自我认知，我们学会认识家庭、规则、责任、信念等，学会认识自己在这世上到底是谁。

面对生命中每个新阶段的来临，我们不得不放弃原本的自我认知并重新定位自己。青少年、成年、为人父母、老年。在生命中的每一章，我们都要重复一段永无止境的探索，回答一个简单的问题：我是谁？

我们都知道彼得·潘为何永远不想长大，而彼得·潘也从来没有体验过伴随成熟而来的种种乐趣。

我们得学会放手

无论处于哪个层面——个人、公司，或是社会，我们在应对改变时总觉得力不从心，这是因为我们以为自身不需要改变就可以渡过这个演化的过程。我们往往抗拒改变——死死地抓住曾经拥有的东西——以维持我们能主导一切的幻觉。

为了让自己相信主导权在握的幻觉，我们试图重建、修补昔日的一切，而不愿向前迈进一步。其实，向前跨步不见得意味着离开。据我所知，有很多恋情虽已逝去，但却以不同的面貌重生，而且持续得更为长久。

❋

社会并未教过我们怎样处理生命中的重大转折。"美国生活没有第二幕。"作家 F. 斯科特·菲茨杰拉德如此悲叹道。现实里，我们确实在以病态而徒劳的方式抗拒着改变。

若要上演第二幕，第一幕必须先落下。

这就是重点。

当你翻阅这本书时，生命中下个场景的帷幕也将渐渐升起。

❋

我认识一些因固守自我而被社会淘汰的人。即便是那些能把平日里最吃苦耐劳的人逼入窘境的苦难降临到这些人身上，他们也不为所动，依然故我。这听起来好像很令人羡慕，尤其是对那些此刻正生活在水深火热的危机之中的人而言。然而，这些人永远无法成长。

如果没有成长，人就会停滞不前，就像子宫里体积过大的婴儿。这种停滞常以生病、抑郁、体重问题或更糟的面貌出现。

假如你不能积极地融入生活，那么你可能就会深受其害。这从熹雅的例子中可见一斑。

熹雅是个漂亮、事业有成的 42 岁女郎。一个朋友带她到我的工作坊来接受直觉方面的治疗。当时，熹雅正在疗愈情伤。几个月之前，熹雅遇上了一个她以为可以托付终生的男人，两人形影不离，男方差一点搬到她家同住。但熹雅不明白为什么对方会突然变得冷淡和疏远，最后两人以分手而告终。

随着熹雅娓娓道来，我发现她谈恋爱有个固定的模式。先是遇见了某个男人，这男人热烈地追求她，于是两人便开始交往。当距离成家的梦想越来越近时，她会变得越发焦虑、要求也越来越多，然后感情便很快画上句号。当她急切地想"敲定"婚姻时，恋情便不再能令她感到满足。在 25 年的恋爱史中，她的表现总是如出一辙。

她的双亲彼此携手二十多年，他们一直想不通他们那漂亮、才华横溢的女儿为何至今仍孑然一身。熹雅有个正常而快乐的童年，但在她的人生故事中出现了两个十分关键的因素。其一，她是家中最小的女儿，常和家中两个较大的孩子争宠。还有一点就是，她很容易变得焦虑。当她坠入爱河时，她会很担心自己在爱情里"失势"，因而整个人变得焦虑起来（有时还带有愤怒的色彩）。

熹雅从没反省过自己的行为模式并改善自我的焦虑状况，而是不断地在一段段新恋情里重蹈覆辙。她不停地更换恋人，所以她的处境从未发展到重度危机的地步，以迫使她审视自身的定式。因此，即便她在情感方面经历了许多痛苦，但还不足以促使她作出改变。她的生活也在希望和失望之间不断摇摆，停滞不前。

眷恋很好，只要你不那么执着

当我说人都需要适时放手时，我的意思不是要你对自身拥有的东西漠然以对。恰恰相反，你得先对某些东西充满了眷恋，才会有所谓的放手。

所有的宗教都教导我们不要执着于俗物，无论是对我们所拥有的东西、所怀抱的梦想，还是对周围的一切，我们都要学会放下。热情拥抱当下，这固然重要，但也要随时牢记：当形势转变或你本人发生改变时，你所热爱、信赖的关系或状况也会有所不同，而记住这一点也十分重要。

不执着是一种关注的状态，在这种状态下，你是自身的导师，能从新的角度观察你所处的当下。

☀

放手——同时又要保留你真正需要的。难就难在这里。

你怎么知道该何时放手呢？有时候，更让你为难的是，你知道放手的时候到了，但你却不晓得该放开些什么！

记住一点，当你为了琐碎或莫名的冲突而批评自己时，你忽略了自己拥有强大力量的内心。此时，你需要将自己的感受细细地审视一番。

自我的大循环

我们把旅程视为一段有始有终的历程。在现实中，旅程就像是螺旋式的循环，某个循环的局部是下个循环的起点。每时每刻，终点同时也是起点。生命本身就是个没有起点也没有终点的循环，而失落与危机就是生命连续体中固有而无法逃避的一环。

☀

我所说的开创新自我，不单是指"再造"一个自我。要做到彻底地重生，人必须经历全面的危机：精神与物质的危机，包括周围环境及身体所发生的危机，特别是信念危机。

重新开创自我是我们天生的权利。为了让崭新而卓越的自我逐步显现，我们必须拥抱失落——悼念它，但同时庆幸失落为你敞开了另一扇门。当你接纳了无法躲避的失落，也就唤醒了沉睡的自我。要不是恐惧、耻辱或环境把你带上了另外的道路，你可能会变得跟很多人一样。新的自我将于此时崭露。

☀

　　生命充满了失落，我们所拥有的一切、所知晓的一切，如同四季更迭般无时无刻不在变化之中。有些失落是意料中的，是盛极后的必衰。但有些时候，一如我们所知，我们所拥有的也会出乎意料地被夺走，比如另一半过世、官司缠身、失去健康，或生计出现问题，等等。

　　你总是紧握着过去不放，但生命向你昭示：旧的自我随时可以腾出空间让新的自我萌芽。我们若不能拥抱失落并活得充实，我们就只能一味否认、抗拒，并将自己终身囚禁在悼念和哀伤里。

经常反思自我

　　要有所转变，觉醒极为关键。若你时时有所觉醒，你的注意力便不再聚焦于危机，而是转移到崭新且更有活力的生活方式上。同时，你的自我认知也会逐渐趋向积极正面。在你翻阅本书的同时，你的自我认知会继续发展，超越原来的层次。所以，只要心有所感，便请时时思索这个最根本的问题：你是谁？

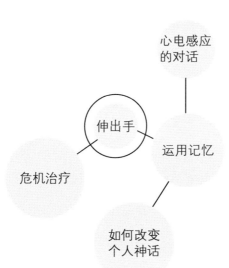

心电感应
的对话

伸出手

运用记忆

危机治疗

如何改变
个人神话

Welcome to Your Crisis

肆

如何应对改变

如何应对改变和遇上什么样的改变一样重要。当你感觉到生活需要变化时,变化已经出现!只是你尚未对变化作出响应而已。

改变本身并不难,认清并接纳早已在你生活中出现的变化才是最困难的。

☀

改变可能让你达到更高层次的喜悦、生产力、创造力及成就,也可能把你吓得手足无措、一蹶不振或是危及你对自身和世界的根本信念。二者的差别不在于你遇上什么样的变化,而在于你如何看待和回应这些变化。

☀

适应改变的方式很多,有的方式于人有益,有的方式却极为有害。很多人会孩子气地把变化撇在一旁不予理会——不受他们周围的世界和各种关系所影响,眼不见为净。当然,这样的人很孤僻,在生活的许多领域也往往效率低下。

要想提高生活的效率,你必须具有受事情影响的能力,并学

会从经历中成长，而不是被经历撕裂得七零八落。那些能灵活地应对改变而不让心灵受伤者，才有能力去体验失落，同时还能掌握直觉，有能力从一无所有重新出发。

这样的人能敞开心胸迎接生活中的改变，而不是被动地让这些改变来决定他们是谁或要变成怎么样的人。他们能掌握自己的方向，用健康和创新的方式应对所处的环境。他们的热情和想象力让他们在人群中脱颖而出。他们在人生的每个阶段都勇于重新改造自我并开拓新生活。他们无畏于危机的出现，因为他们活出了梦想，并深知生命中遇到的任何难题都是通往成功的新起点。

☀

我们都曾以自己的方式抗拒改变。不管你对人生的认识如何深刻，你也会偶尔抗拒改变。你的抗拒模式是怎样的呢？每个人都有自己特有的应对模式。有些人以否认来应对改变；有些人则表现得恐惧或愤怒；更有一些人吓得不知所措、方寸大乱或一蹶不振。

熟悉你自己应对或抗拒改变的习惯模式极为关键。一旦你了解自己面对改变的反应倾向，你就能预料并避免让自己落入意料之中的陷阱。

要想积极地面对改变，必须先经历一段事先规划好的、仪式化的历程。正如本书所述，逐步体验这段为你安排的历程之后，你就能够克服自己对改变的抗拒，不管你曾经是多么极力地想躲避它。

☀

我的妹妹总爱说，人人眼前都有一座待被翻越的珠穆朗玛峰，但对我们每个人来说，要翻越的那座山都是不同的。当危机袭来，人人都会暴露出人性中脆弱的一面，并被眼前的痛苦所笼罩。

危机会更加清晰地暴露出我们的习惯性反应。危机来临时，倘若你平常很容易惊慌，那么你的恐惧就会失去控制；倘若你平时就很容易发脾气，那么此时你会怒不可遏。所以，认识你面对危机的反应倾向，并且以特定而有针对性的方式关照自身及自身的需求，就显得非常重要。当前，你没有犯错的余地，去危及自

身及周围世界的安宁。

辨识自身的定式能帮助你步入正常的轨道，找到回复正常所需要的力量。

练习：把货物装上你的卡车

有这样一个孩子们都玩过的经典记忆力游戏（大人也适用）——起头的人要接着说完这个句子："我把货物装上奶奶的卡车，里面有……"

譬如，起头的人可能会说："我把货物装上奶奶的卡车，里面有苹果。"接着造句的人先重复这个句子，然后再加上另一项物品，比方说："我把货物装上奶奶的卡车，里面有苹果和一只玩具熊。"依此类推。

当物品种类愈来愈多时，要把所有的物品重述一遍，难度会越来越大。最先漏述货品的人被淘汰出局，其他人再重新开始新一轮的游戏。

我们把这个游戏稍作改变。把你的行李装上卡车——你想把什么带进你的新生活？

在盘点自己的东西时，你会发现卡车里的很多东西是别人的，或是如今的新形势下已不再需要的。比方说，既然孩子已离家，你真想把曾耗掉你毕生积蓄的整栋房子都搬上车吗？你有没有把负担家计、总有女友在身边、热心帮别人解决问题等的角色职责也打包装到车上？当然，物品、人、处境、生活方式等都是可以打包上车的。

现实中，你只能打包你确实拥有的东西，而不能把已经失落的东西也带上车。不过，随着你翻阅本书，你可以逐步在卡车上添加更多物品。同时，你也要经常检查你的卡车上有没有什么东西是可以被拿掉的，或在这个改变的历程里，又有什么新东西是你想带上车的。

可以的话，把这个练习记录在一张纸上，当你想整理自己的生活时，便把这张纸拿出来重新练习一遍。反复做这项练习，它会帮助你在无意识的状态下看清你身边所拥有的资源，并有效地

运用它们。

☀

当生活发生剧烈变化时，人们通常会有四种基本反应模式。以下的测验将帮助你看清自己属于哪一类型。一旦明确了自己面对改变时的基本模式，你就能根据我针对每一类型所提出的建议来采取相应措施。

请花点时间诚实作答。特别是对于否认型的人来说，如果能从好友那里获得他们对你的看法，也许会非常有用。

你是哪种类型

以下陈述若符合你的状况，请打勾。你可能会发现，你表现出来的特质不只属于一种类型，但你还是可以辨别出自己的感觉和行为主要属于哪一类。

- 以前感兴趣的事是否现在都难以让你提起精神了？

- 你是否把自己孤立起来了？

- 某个困扰或难题是不是在脑子里反复纠缠着你？

- 你是否比平常更容易疲惫？是否觉得要完成每天的日常工作变得很困难？

- 你是否没兴致打理自己？

- 你常常痛哭吗？

- 你希望世界就此完结吗？

- 你会反常地忘东忘西吗？

- 你的行为是否失控、冲动或低效？

● 你会不会觉得事态已不能再拖了？

● 你是否经常重蹈覆辙？

● 你会不会失眠或是在半夜醒来？

● 你是不是觉得再多的保证也没法叫你安心？

● 你的饮食习惯是否发生了重大改变？你是否吃得过多或吃得太少？

● 你是不是经常感到事发突然？

愤怒

● 若是女性，你是否常觉得自己老出现经前症状？若是男性，你是否常觉得要忍住脾气才能不对人动粗？

● 你是否经常怒气冲冲，或时常大发雷霆？

● 你开车时是否常和别人发生争执？

● 你是否觉得每次被激怒时都想反击？

● 你是否会幻想自己对别人施加报复或使用其他暴力？

- 你会伤害自己或他人吗？

- 你是不是觉得所有人都对不起你？

否认

- 你在公司或是家里是否像个超人？

- 别人对你伸出援手或表示同情时，你会不会不领情？

- 你是不是情绪很压抑、很少发脾气，也从不大哭大叫？

- 你是否从不允许自己流露出危机感？

- 你是否总是竭力掩饰自己，不让别人看穿你的软弱？

- 你是否发觉自己无法借助创造性的活动来发泄情绪，譬如画画、写作、唱歌、幻想？

- 别人对你处境的不同看法你是否一概不听？尤其是那些老朋友的想法？

一如我之前提过的，你的反应可能涵盖以上这四种类型，但其中总有某个类型与你最为相像。你也许还会出现"条件反射"，也就是面对来势汹汹的压力时你最先表现出的反应模式。虽说处在压力之下最先出现的会是你最基本的反应类型，但在不同的时刻这四种类型的反应都会出现。

在明确自己的反应类型之后，如果你能按照下面我所陈述的方法经常练习，你就能缓解危机所引发的冲击力，并将危机所引发的能量导入你将要开创的生活中。

了解抑郁型的反应者

抑郁型的反应者常常像孩子般无助。这种孩子气的努力对他（她）所面对的形势压根起不了作用。更糟的是，他们能深切地察觉到自己的做法只是徒劳。

如果你属于抑郁型的反应者，那么你的典型表现是：每当你想要有所行动时，你的精力却阻碍了你，让你无力响应生活对你提出的要求。你手中的这本书大概是人家送给你的。你希望这是一本有声书，因为你不太想费力去读些什么，对我说的内容也不感兴趣。你觉得自己是在浪费力气，就算不是白花力气，你也没精力去实行我的建议。你大概想象不出生活本来可以变得更快乐。你对什么都不感兴趣，包括自己的未来。

眼下，你需要跨出自我激励的一小步。你不用立刻实施我的所有建议，就让自己先保持现状，然后再想想哪些建议你最容易做到，并着手尝试。

你可以先把电话挪到沙发旁，然后拨个电话给你觉得能够立刻给予你支持的人。如果能请个朋友帮你打这些电话，那就更好了。对你的援助行动包括：请对方带食物过来，在工作上给予帮助，帮你查看信箱、回复信件，寻找有助于你摆脱目前处境的资源。当然，他们能做的还有很多。

你的任务是，让自己彻底放松下来，只关注那些自己目前能做到的事情。别沉湎于过去，也别展望未来，因为你的客观情况不容你从过去或未来中寻找慰藉。在抑郁的状态下，你的身体需要足够的睡眠、休息和营养。定立一个能令你放松的日常作息，上班、吃饭、培养积极的习惯和活动。做些轻柔的运动，比方说随着广播音乐起舞，这能极大地帮助你摆脱抑郁。改变环境也能让你远离抑郁，所以，如果条件允许，可以去度个假、做做按摩，或拜访那些能让你开怀大笑的朋友。

抑郁不是你本来的样子。抑郁的魔咒往往听上去像是淳淳善诱。它会让你以为，你不过是第一次看到了现实，或者你本该如此，不管你做什么，你都会永远抑郁下去。这是绝望之声。只要你根据自己的抑郁症状进行有针对性的治疗，你终将迈向新的生活。

如果你属于抑郁型，你的天赋是心灵的深度。当你远离了抑郁，心灵的深度依然存在。

了解焦虑型的反应者

焦虑型的人遇事时会如孩子般惊慌。他们总是疲于应付，整天为那些他们解决不了的问题提心吊胆。

倘若你属于焦虑型的反应者，你大概会发现自己根本没法静下心来看这本书。你的精神或身体老是处于紧张状态，总是为下一个可能出现的问题严阵以待；你总是不停地想同一件事；你可能食欲不振，也可能暴饮暴食。也许你现在就很冲动，说话不经大脑、买些你根本不想要或不需要的东西，或者很怕去买你真正需要的东西。你还可能会在大半夜打电话找人诉苦，或要人家帮你拿主意。你经常感到压力，就连睡觉也不安稳；你总在想东想西，但这些胡思乱想解决不了任何问题，也不能让你放松下来。在你上床就寝或早晨醒来时，脉搏可能会跳得很快；你可能会发现自己总是六神无主，即使是在最熟悉的场合，脑子里也是一片空白。

作为一个焦虑型的反应者，你的任务是每天做一些能缓解焦虑的活动。你可以找一些能消耗精力的事情来做：和孩子玩耍、和另一半做爱、快步走、做有氧运动。如果你还能坐得住的话，找人为你按摩，彻底地舒松筋骨，这对缓解压力所引发的焦虑很有效。另外，简化你每天的例行事务也很重要。列一份清单，记录下自己每天做了些什么。贴儿张便笺，提醒自己深呼吸。然后大声唱首你最喜欢的歌，直到筋疲力尽为止。每当你觉得身体紧绷、脑子混沌一片时，就做做其他的事情，转移自己的注意力。去那些能让你忘记过去的地方走走，也可以看看书或沉浸在电视节目里，或者找朋友一起骑脚踏车。

眼下并不是你思考问题的好时机。否则你只会走入极端，老往最坏的地方想，从而加重你的焦虑。这一时期你要避免一些刺激性的食物，譬如辣椒、咖啡或茶。要有规律地进食。不要让焦虑主宰了你，使你整个人陷入慌乱和无措。当你要做出冲动的行为时，试着换位思考。如果是你在半夜被人吵醒，或两个钟头内被别人催促了五遍，你感觉如何？你和抑郁型的人不同，你的精力过剩，需要找个出口发泄。你可以埋头工作，可以做做运动，或从事一些创造性的活动，也可以寻求支持来帮助你应对令你焦虑的处境。要记住，一味的逃避只会加深焦虑，你完全可以把耗费在焦虑上的精力转移到令人满足且富有成果的事情上来。例如，你可以把每个房间重新粉刷一遍。当你能驾驭自己的焦虑时，你会发现，目前看似无法解决的事情其实也并非如此。

如果你是焦虑型的反应者，你的天赋是洞察力。在你缓解了自己的焦虑后，你会发现自己仍然具有敏锐的才思与洞见。

了解愤怒型的反应者

愤怒型的反应者总感觉自己如孩童一般软弱无力。幼年时，他们经常受到粗暴的对待，想要被保护的渴望也常被忽视或拒绝。早年的情感和生活经历对他们产生了决定性的影响。

如果你是愤怒型的，那么在前面我所说的内容中，起码有一件事已经让你怒火中烧了。但你的愤怒不会让事情好转，只会让自己变得越来越生气。你在气头上发泄出来的愤怒，无异于火上浇油，实质或理论上都是如此。情绪总有存在的理由。倘若你是愤怒型的人，你得安抚内心这头愤怒的野兽，而不是让它横冲直撞。

愤怒会使你的人际关系复杂化，会让支持你的人离你而去。

设法给自己的愤怒找个合适的出口吧！做运动、写东西或用力打枕头出气都可以。先找出点燃怒气的导火索是什么，然后试着改变自己的反应。如果某些人的电话会让你大怒，那么就别接他们的电话。如果上班时会经过你和前夫曾经共同居住的公寓，那就换条路线。

别一味地生闷气，你可以找个不会伤害自己或别人的方式将心中的愤怒发泄出来。假如你觉得自己的愤怒快要爆发了，那么赶紧换个环境。你要熟悉自己发火的前兆，趁炸弹没全面引爆之前赶快扑灭它。你可以在冲澡时大声咒骂，或者通过画画、慢跑五英里来发泄，也可以运用幻想再现让你发火的情境，并试着改变自己的一贯反应和预料中的结果。也就是说，你要培养正面积极的幻想。

别再抱怨。假装这一切真的全是你的错，只有你能使事情好转。你可以大胆地发挥自己的创意，无论是艺术、舞蹈，还是烹饪都行。这些都是渲泄情绪的有效途径。

如果你是愤怒型的反应者，你的天赋就是热情。只要不把精力全部耗费在发怒上，你就能保有对生活的热情。

了解否认型的反应者

否认型的反应者像是遇事喜欢用否认来回应的孩子。太多的信息或干扰让他们无法自在地行事或理解问题。这样的人会找各种方法来逃避，他们不停地找事情做，或躲在自己可以完全掌控的世界中。

如果你是否认型的反应者，那么你在翻看本书时会以为它只对别人有用。你觉得自己一切都很好，即便那些对别人而言很重要的东西，如感情、休闲、快乐等，你可能样样都缺，对吧？可你却死死地压制住自己的感觉和反应，以至于你根本察觉不到它们的存在。你可能会觉得身边连一个亲密的人都没有，或无人能与你沟通交流，但让自己忙得根本没时间去想这些。

如果你在生活中碰上了某件足以把大多数人打垮的事，但你却丝毫不为所动，那就可以判定你是属于否认型的反应者。你不把这件事放在心上，也不去怀念失去的东西，只是一味地低头赶路。你感受不到危机所带来的痛苦，这乍听起来好像很棒，但为了继续前进，你把他人、过往，甚至是你的感觉都弃之不顾，结果你的世界也变得孤零零的。

你的任务是，用你觉得安全的方式，一点一滴地去感悟你所有的感觉，体会你所有的经历。每天安排一段时间让自己去感受不同的情绪。看电影时大哭一场，听一首让你感觉失落的歌，和能引发你内心某种特殊情绪的人相处，尽量扩展你的情绪面。（这些人是谁？也许他们恰好就是你近来最不想见到的人。）

把你内心那个尚不知否认为何物的孩子找回来，听听他（她）需要什么或想说什么。再听听别人怎么说，特别是那些和你有同样遭遇或痛苦的人。让自己明白，你现在感觉很痛苦，但这种情绪不会永久持续。如果无法感受痛苦，你就把其他愉悦满足的感觉也阻挡在外。让自己明白，大多数人都想了解你，而不是批判你。可能他们也经历了与你类似的痛苦。你要明白，只有当你能感受到自己时，你才会爱上自己。

如果你是否认型的反应者，你的天赋是你的能力。一旦你摆脱了否认，你便可以保有你的能力。

※

如果你能辨别自己的反应类型，你便往前跨出了一大步，遇上任何情况都能应付自如。你的反应模式来源于长期的行为模式。如果以上任何一条症状持续得不到改善，可以咨询医生或寻求专业人士的帮助。

很多人非常依赖医疗。另一方面，反应模式的某些方面是与生俱来的——基因决定了我们的身体和大脑如何运作，尤其是在承受压力的状态下。有时候，药物治疗确实可以打破习惯性的反应模式，让你面对挑战时更加得心应手。

本书将提供许多有益的行为技巧，如果你能经常练习，便可以在自己的身体和大脑中重建一套应对压力的新模式。你的家人、朋友和社区也会为你提供支持，在你需要更上一层楼时，帮助你作出改变。

一旦你掌握了自己的反应模式，也就充分把握住了自己。

● 如果你属于 焦虑 型，当你发现自己有时会处于否认状态时，你便掌控了自己的反应模式，因为否认能使焦虑型的人有时间整理和调整自己。

● 如果你属于 愤怒 型，当你发现自己有时会处于抑郁状态时，你便掌控了自己的反应模式，因为抑郁能使愤怒型的人不会冲动行事，并以更成熟的方式处理问题。

● 如果你属于 否认 型，当你发觉自己也会焦虑时，你便掌握了自己的反应模式，因为焦虑会迫使否认型的人正视感情与冲突，从而更好地作出决策，并有机会调整自身。

● 如果你属于 抑郁 型，当觉得自己愈来愈易怒时，你便掌握了自己的反应模式，因为愤怒能让抑郁型的人行动起来，向外疏导他的精力而不是继续将其积压在心底。

为了抗拒自己往疗愈的方向迈进，会有一股强大的力量反向作用，让你停滞不前。此时，你会发觉自己有以下的反应：

- 焦虑型的人会抗拒抑郁带来的无望。
- 否认型的人会抗拒愤怒带来的痛苦。
- 愤怒型的人会抗拒焦虑带来的无助。
- 抑郁型的人会抗拒否认带来的洞察力及需求。

☀

你的反应模式造成了你孤立无援、与外界隔绝甚至停滞不前的现状。随着你逐渐掌握自己的模式，时间会在你身上展现出神奇的疗愈力量。

时间会冲淡危机最初所带来的冲击；时间让你有机会去发觉不同的回应方法；时间让你调整并彰显自己的个性，以适应新形势；时间会让你采取行动并作出决策，以应对新的形势；时间会让你酝酿出崭新且现实的梦想、愿望及目标；时间能让你从不同的角度来观察世界，发掘新的契机。

如果你属于焦虑型，时间对你起不了作用，那么就干脆放弃所有的努力，别再试图掌控一切，把自己交给时间；如果你属于愤怒型，时间对你起不了作用，那就不要再去揭开过去的旧伤疤，让时间为你抚平伤痛；如果你属于抑郁型，时间对你起不了作用，这是因为你迷失在无所作为且孤立无援的状态下，无法响应时间为你创造的机会，也拒绝了时间赋予你的自我蜕变；如果你属于否认型且错过了时间的帮助，这是因为你拒绝认清改变，错失所有的可能性，也与种种机会失之交臂。

- 如果你属于否认型，大多数情况下你看不到危机。
- 如果你属于愤怒型，大部分危机可能是因你发怒而造成的。
- 如果你属于焦虑型，你总是为根本不存在或压根不是问题的问题忙得不亦乐乎，而你生活中真实存在的问题却逐渐发展到危机程度。

- 如果你属于抑郁型，你也许会逃避眼前的所有问题，任凭它们堆积如山也不采取适当的措施，即使你知道该怎么办也依然裹足不前，直到情况真的演变成危机。

实际上，你是有选择的。抑郁型的人可以运用其深刻的理解力去分析周围的人和形势，激发自己采取行动；否认型的人一旦能正视现实，便能迅速且有效地应对；焦虑型的人可以运用其洞察力来判断自己该着眼于何处以及何时采取行动；愤怒型的人能利用热情去开创并积极投入新生活。

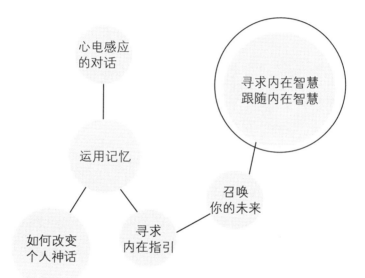

心电感应
的对话

寻求内在智慧
跟随内在智慧

运用记忆

召唤
你的未来

如何改变
个人神话

寻求
内在指引

Welcome to Your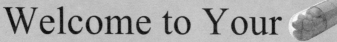
Crisis

伍

全新的世界：踏出第一步

拥抱眼前的形势

愈早面对一系列全新的现实，你就能愈加迅速地到达一个可以获得力量和采取行动的境地。你此刻处在哪里可能不会让你有好的感觉，但你必须面对现实，看清自己手中仍握有什么。你可能会有一些惊喜。你期盼"这件事能够发生"，这样的希望也许会变为现实。不过，就目前而言，你只能从眼前所具备的条件入手。

即使你能够立刻回到处在全盛时期的旧生活中，那这种旧生活也将与以往不同。你已经变得不一样了。那些曾拥有美好的童年、绚丽多姿的中学生活或年轻时貌美如花的人常常这样想："我要是能回到从前该多好啊。"

曾拥有那种生活的你已不复存在。你再也不会回到从前；如果你正有意识地朝着某个方向前进，那你也将不想回到从前。

带着清醒的意识生活可以给你的每一个发展阶段创造理想的

环境。危机之所以经常出现，恰是因为，虽然你的潜意识和你的直觉知道，为了在情感和精神上挺过来，你需要成长，但你却始终无法抛开过去。

别给自己太大的压力。逃避改变是我们的天性。环境一有变化，任何动物都会马上警觉起来。令人感到欣慰的是，你所拥有的并不仅仅是潜意识和直觉。你拥有指导自己生活的能力。

你需要接受你是谁和此刻你在哪儿这一现实。你可能不想待在那里。你最怕的可能就是你作为这个人还被困在当前的现实之中。然而，为了获得足够的牵引力以向前运动，你却需要让自己的轮胎牢牢地陷在泥土里。时刻提醒自己，你有能力把自己带到要去的地方——即便你并不知道那个地方此刻在哪儿。

此刻，你的任务并不是让自己无所不知。要做的只是把一只脚放在另一只前面并迈步前行。

✳

可撼动大地的真正危机有一个有利的因素，即抓住过时的生存方式是一件难事。不过，危机很少以这种毁灭性的形式出现。

在你的模式未被破坏的情况下，你需要严以律己，抛开一孔之见，避免一再重复那些无用却极为诱人的行为。

要自觉地避免找寻能表明自己身在何处的旧有地标。你如今已置身于新的国度。如果你觉得只有把自己关在屋里才能平静下来，那就到户外去。如果你需要不断地从别人那里得到安慰，那就花一天时间独处，让自己自娱自乐。如果你把事情都闷在心里，直到爆发，那还不如每小时试着做一次原地跳跃，好让自己心跳加速。

否认型的人有一条难行的路，这是因为他们几乎不了解自己的模式，或者不相信他们原先拥有这种模式。如果你在前面的测试中被评为否认型，那么，你就需要提高自己对周围世界及自身的认知程度。先建立一个感觉库。做一些能让人产生感觉的事——艺术、音乐、诗歌、摄影。每小时休息一分钟，喘口气并且感觉一下。

来到你生活之中的新人和新体验将是……嗯，是全新的。从你打开这本书时起，积极的和有启迪作用的改变或许就已经发生了。在这样的改变面前，你大概不会立刻产生舒服的感觉。很少有人会在新的环境中立刻产生"像在家里一样舒适自在"的感觉，而且不得不以新的方式来作出反应。

我还记得十多年前第一次与现任男友见面时的情景。和往常一样，我把他和我的前夫做了一个全面的比较。在逐一进行比较时，我说道："现在，他给我的感觉太不一样了。我们的关系已不是我所熟悉的那种。"我的朋友露出了怀疑的神情，好像是在问我"你怎么突然变傻了"，然后说："嗯，这是件好事！"

挽救你的生活

如果你此刻正处在危机之中，请采取以下的步骤。在你还没碰上危机时，你可以阅读本书的其余部分，这样，你就可以避免再次陷入这种境地之中。即使此刻你觉得这么做并不合适，在这种形势下你也要像有能力做到那样去做下列事情。我将在本章的后半部分对这些事情进行更深入的讲解。现在，你要知道这是一份新的待办事项清单。这份清单，也唯有这份清单，才是你需要重点关注的地方。

- 专注于眼前。你的力量只存在于当下。你改变不了过去，而把危机延伸到未来也只是浪费生命。所以就请专注于眼前吧。

- 给危机起一个名字。每种危机都属于一个类别。让经历过类似危机，拥有相关信息、资源和集体力量的人来帮助你。

- 设定目标，即便只是小目标。你需要有个方向来引导自己远离危机。在获得力量之后，你可以让目标有所改变。

- 了解在这场危机中你必须成为谁，以及为了让自己安然无恙，你必须知道什么，必须采取什么行动。

- 运用直觉来带领你朝正确的方向前进，即便你并不清楚正确的方向在哪里。

- 了解自己通常如何对危机作出反应，并运用第四章中的各种工具，从这次开始试着采用不同于以往的做事方法。

- 利用你的睡眠状态来处理危机并确定解决方案。就寝前先列出眼前的挑战有哪些，这样你就可以再利用停工时段来进行整合。

● 确定由哪个群体来帮助你安渡危机；找一位良师来帮助你。

● 无论你此刻有何感受，你都要明白一点，那就是，你生命的这一篇章也会结束，你可以选择下一个篇章。

● 每时每刻都要记住你曾成功战胜过危机（你仍在这里站着，就说明你战胜过危机），并鼓励自己还能再次成功。

现在就开始做你在求生清单上列出的这些事情。即便是对你的新自我和新世界所作的有益健康的小小调整，也会为你的未来打下坚定的基础。

我们将在本章中详细讨论这些步骤。现在，让我们先来看看哈里的故事。

一天，哈里的前妻带着他们四岁大的女儿艾莉和一只皮箱出现在旧金山，并告诉哈里自己需要独自生活一段时间。哈里和他的妻子在女儿八个月大时离异。哈里搬到了旧金山,他虽然每年要到波士顿探望女儿两次,但和女儿独处的时间从没超过几个小时。他的前妻说几天后会打电话,并留下了一个电话号码。哈里很生气,两人在她离开之前大吵了一架。随后,母女俩相拥而泣并就此告别。以前,一遇到这类情况,哈里都会握紧拳头使劲儿砸墙,然后跑到外面喝个酩酊大醉。哈里在随后 24 小时里所做的事情让他自己以及所有认识他的人都大感惊奇。

　　此前,哈里一直在和一位他非常喜欢的女人约会。他给她打了电话,向她征询意见。她向他明确表示,在把问题解决好之前,她不愿同他和他的女儿发生任何关系。女儿艾莉在母亲离开之后便一直坐在单间公寓的沙发上一动不动。他走到她身旁坐下来,结果坐在了从她身下坐垫流出的一滩尿上。在一个小时的时间里,他便得到了一个女儿,失去了一位女友,并踏上了一个全新的世界。他甚至不知道四岁大的孩子是自己能换衣服呢,还是需要大人给换。他望着女儿说:"这种事总让我赶上。"她哭了起来,他把全身湿透和瑟瑟发抖的女儿抱在怀里,直到她入睡。

　　他脱掉了她的湿衣，把一条柔软的毯子裹在她身上，将她放到自己的床上。随后，他给自己所信赖的所有人发了电子邮件，请求帮助。每次感到惊慌失措或怒气越来越大——据他说，每次只相隔几分钟——时，他都要查看一下电子邮件，并按照邮件中的建议行事。有位母亲建议他打开女儿的皮箱，马上给她布置一个属于她自己的小地方。有个人发来邮件，告诉他有一个全部由单亲父母组成的俱乐部。另一人发来了单身父亲支援团的相关信息。艾莉在早晨 5 点就醒，只睡三个小时让哈里既恼火又无助。他忘了去单位上班，这份工作是他在过了收入微薄的几个月后才找到的。

　　他的上司给他打来电话。哈里谎称自己病了。他的上司显然不信，哈里只好又给上司回电话，坦率地讲了自己的情况。他的上司无心听他解释。哈里知道自己不能失去这份工作，便给一位家中有同龄孩子的朋友打电话，请此人帮忙照看孩子。

　　梳洗整齐后，他便去单位上班。他想让上司知道自己已经解决了这个问题，这种情况以后不会再发生（但没有把自己对他的真实看法告诉他）。他只是不想让自己遭到解雇。下班之后，他接回女儿，拟了一份待办事项清单，订了快餐，9 点前两人便上床睡觉了。头一挨枕头，他便心生怒火，以致无法入睡。于是，他爬起身来，做了 50 个俯卧撑，冲了个澡，看了几封愿意提供帮助的电子邮件，端详着睡梦中的漂亮女儿——出生之后第一次真正属于他了，然后爬到床上睡了。早晨醒来时，他告诉自己："我是一个父亲。我当得了，我昨天已经当过了，今天也一样能当。"

也就是说，他把一只脚放在了另一只的前面并稳步前进了。

辨明方向

我安全吗？我完整吗？每个人都在那儿吗？

如果你身处危机之中，那就需要立刻解决这些问题。你可能不会得到答案，但你将开始踏上通往安全的道路。

在你的自我和你的世界处于混乱之中时，困惑是难免的。但是，如果你依然求助于旧的方法、行为和生活架构，那么，在新的环境中求得生存将变得困难重重。你需要融入新的秩序，并找到自己所需要的东西，以便以新的方式向前发展。

对你来说，这个世界是陌生的，对你自己来说，你也是陌生的。在你的新自我开始显现之前，你已经失去，或必须放弃很多你曾经拥有的工具、支持和其他保障。

※

融入是一个持续的过程，甚至在我们还没走到开始的那一刻时，融入就已具有了滋养的作用。一旦你启动在所处环境中创造安全这一进程，你就可以把心思放在了解你——当下的那个你——是谁这件事上。此刻你无须详细作答。你需要简短的答案，对再次开始有效运转的你来说，这刚好足够了。

安全第一

尽管你此刻可能没有安全感，但你仍然需要扮演你自己的严父慈母。在你能够安全进入你的新世界之前，基本的需要，如营养、栖身之所、支持、表达、舒适等，都必须加以简化和得到悉心照料。

何谓安全？用来保护生命最基本的和最低限度的需要是安全的必备要素。如果你太过焦虑，无法以一己之力让自己有效运转，那就去寻求帮助。获取安全可能需要锻炼、服药，或许还包括看精神科医生。如果你处在身心受到虐待的环境之中，那么，获取安全大概就意味着脱离施虐的环境，另寻安全之所。如果你处在正遭受伤害，或有可能以另一种方式受到潜在伤害——工作不保、离婚悬而未决、生病、身体出现问题——的环境中，那么，获取安全就可能意味着让自己去找能够支持你的人或组织。

生活中有很多人会对你伸出援手。只有在我们遇上危机并有

渡过危机的需要时，我们才会切实地去寻找这些资源。

生活依然按部就班

任何人都可采取的最勇敢的单一行动，就是好好地经营每时每刻、每天每夜、有时显得单调乏味的生活俗务。搞好这些俗务需要严于律己、坚韧不拔，需要享乐在后，并相信这一切都是值得的。冒险和冲动的惊人之举能让我们短暂地尝到甜头。日复一日地以充满信心的小步骤来维系自我、人际关系、社区和谐、爱与教诲则往往需要坚强的自律和宽阔的胸襟。

生活要求我们每一个人做好一些基本的事情。对此，我们可以蜻蜓点水，一带而过，但代价却太过高昂。为了让生活完美无缺，我们必须保持由欢乐与牺牲所构成的日常律动。在这些事情中，有一些似乎并无意义，如保留发票、健康饮食、完成作业、刷牙洗脸、敦睦邻里、锻炼身体，等等。

日复一日、年复一年地履行这些仪式的简单行动，会为我们带来有规律的生活脉动。在你对这种脉动大加礼赞时，危机可能会向你袭来，但你却不会倒下。你会发现自己一时之间处在危机之中，但在经受这一变动之后，你却会把自己带到更高的境地。有些事情看似简单至极，其实却最为难办且最具挑战性。深刻的想象力、理解力，或引人注目的幸运时刻固然不可或缺，但是，更有意义的却是有能力把世俗的求生行动提高到与创造世界的终极行动相当的位置上。

如果在某些时刻你所能做的只是维持这种脉动，或者重新发现你的生活是否已受到如此严重的精神创伤，以致你已暂时失去了自己的生活的话，那么，你就会坚持不懈地做下去，并在坚持的过程中以胜利者的姿态出现。这种脉动将使你不会把土包变成高山，把波谷变成旋涡。你可以坦然地面对现实，那些与你齐步行进的人，也将作为一个合适和有力群体的代表指引你走向明天。

练习：伸出手

你的第一个任务是拟出一份清单，列出所有你可以依赖的人、组织、活动、行为及优点。如果生病了，那就意味着去找一位你所信赖的医生和一位社会工作者，帮你获取你所需要的服务。如果你处在身体面临危险的状态，那你就要先照顾好自己的身体。找一个庇护所。寻求法律援助。给朋友打电话。吃点东西。泡个澡。活动一下——即便只是在自家公寓周围转一转。

然后，拟出一份清单，列出爱你并且能让你够到的人。孤立是生存的敌人。不要切断你与有能力的人和各种资源之间的联系，在你经历危险的过程中，上述的一切都可以为你提供帮助。一旦够到了清单上的一些资源，清单上的选项就会增加。一变十，十变百，联系的渠道就会成倍增加。

寻求他人的协助，给危机贴个标签

你可以根据标签找到自己的新群体（要记住，你可能只是一个过客）。匿名酗酒者。离婚妇女。失业者。初为父母者。空巢栖居者。癌症患者。

如果你很难为处于转型期的自己找到一种标签，如"不再与自己丈夫相爱而且不知如何是好的妇女"或"已与生活无缘的人"，那么，你按照既定目标所作出的持续努力，最终将能够让你找到合适的标签。你也可以请你的朋友们和你一起参与这个练习。谚语说得好："见同病得慰藉。"我是一个见到危机就往洞里钻的人。但是，即便是我，也会被几个亲密的朋友拉出来。在这些朋友面前我不必梳洗头发，这些朋友都亲眼见过处在低谷时期的我。

有一些群体好像是你永远也不会离开的。譬如，患有慢性病或等了很久也没有孩子的人。信不信由你，这种危机不会长久存在。甚至在你面对疾病或损失，或面对某种能给你带来终生影响的事情时，一旦你学会了如何管理危机并破茧重生，你也将会改变你的关注焦点。

❋

处在危机之中时，你就像陌生国度里的陌生人。你不知道去哪里寻求援助；你的老规矩和老办法都不会为改变提供支持，而你却需要对此作出响应。你就像孩子一样，显然也需要良师的指引。在街上迷路了，你可以求助于父母、老师、医生，甚至警察。你之所以挑选某些良师，是因为你仰慕他们的作风或专业，希望他们成为你的楷模。

是啊，在这个过渡时期，你就是一个孩子，你可以选择在这种新生活中"长大"后你打算成为谁。你需要找到某个了解这一领域的人。他可能以一本书、一个人、一个团体、一个组织、一个家人或一种能让你跨步向前的活动的形态出现。

在我们面临挑战时，我们的群体会支持我们。群体也可以让我们在向需要的人贡献力量的过程中重视那种力量。群体的脉动是日常生活的延伸，参与到群体之中可以把我们的力量、意识和资源带到整个世界之中。通过群体，我们每天都可以开创明天，因为我们所分享的那种力量可以使我们每个人自己来创造自我。

孩子处在危机之中时，专家们会鼓励我们为他们保留原有的人、地、物，让他们充分感受到自己存在的力量，置身于熟悉的环境中是安全的。在危机中，当我们"成人"的观念失灵时，我们的那个最初的、自然的、孩子的自我也需要滋养。那些爱我们的人所给予的同情目光和拥抱以及那些过来人所拥有的人生智慧，都可以在我们感到彷徨无助时为我们的旅程提供引导和支持。

去年，我的儿子曾离家一周，同他的父亲一道滑雪。临行之前，他托我为他照顾一只老鼠。他从他父亲的宠物蛇嘴里救出了这只老鼠，并用牛奶将它养大。我这辈子有三怕——怕蟑螂、怕老鼠、怕遗弃，所以，和一只老鼠同处一室，可绝不是什么让人开心的事。

当然，为了我儿子，我还是答应了。我的条件是，他必须在笼子里留下足够的水和食物，这样我就不用去查看或触碰那只老鼠了。这个小生灵来到了我们家。我让儿子把它安置在走廊的远端，我虽然看不到，但可以听到它发出的声响，藉此可以知道它是否安好。

那天晚上，我外出去参加聚会。我在午夜时分回到家中。正准备就寝时，我听到走廊里传来吃力的呼吸声。从这种声音判断，那只老鼠显然是呼吸出了问题。我对老鼠一无所知，于是赶紧上网，通过谷歌网站搜索与老鼠相关的信息。我惊恐地发现，呼吸道感染是老鼠的头号杀手。

我马上叫醒了我认识的那位兽医（她会在深夜接听紧急求助电话），问她该怎么办。她告诉我，老鼠被视为"外来"动物，不在她医治的范围之内。

于是，大半夜的，就剩下了我和一只喘不上气的老鼠——我最怕但也是我儿子最爱的宠物。我很不情愿地打开蒸汽浴室的喷头，在手上抹了点熏衣草油，抱着病得不轻的老鼠在蒸汽浴室里坐了大半夜。到了早上，我们之间居然有了感情。

以前，我只知道老鼠大多生活在纽约街头。如今，我却很想知道怎样才能像父母那样好好地照看它们。我在网上找到了如何喂养、使之繁殖、与之交流，以及与老鼠语言、老鼠笑话，乃至老鼠聊天室有关的信息。网上有一个以老鼠为中心的完整世界，而如今，我已经成了其中的一个部分。当初，有谁能想到现在会是这样呢？

所以，如果你觉得没有人能够帮你完成这种转换，那就想想这只老鼠的故事吧。

☀

一旦你有了一个标签，你就可以从那些在你之前成功地走遍那个"国度"的人们那里找到归属和资源。大量的信息和切实有效的帮助，都在那里等着你，可让你顺利地经受任何考验。以某个群体为后盾并成功地作出改变具有极其重要的意义。我的一位朋友最喜欢一句话："你并不知道自己不知道什么。"这话说得在理。幸运的是，知道的人还是有的。

有钱的人往往会花钱请专家为他们提供指导。这种依赖并不总是最好的做法。专家们的观点以其经验为基础，不具普遍性。一个群体有多种经验可供分享，你可以从中为自己找到一条可以发生共振的道路。地区医院、社会服务中心、法律援助机构和各种其他公共组织往往都能提供很多服务和支持。

至今，在9·11事件——我的住所和"归零地（ground zero，世贸大厦遗址）"仅隔几个街区——过去多年之后，我们的地区医院仍在向当地居民提供心理咨询、脊椎矫正、按摩等多种免费服务。可以上网的话，你不妨到网上搜索一下有哪些团体和组织能够帮助这个新生的你。可能有慈善机构、业务资讯、网络聊天室、政府组织，可能还有更多的单位能提供你所需要的信息和援助。

最重要的是：要记住，你现在就具有选择你是谁和你属于哪里的能力。你的标签将会改变。在你朝着自我重建的目标迈进时，你往往会成为引起改变，而不是让改变发生在你身上的人。

Welcome to Your 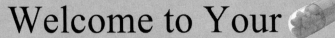Crisis

陆

找方法犒赏自己

对出错、有失检点、处境尴尬有心理准备——让自己放假

令我感到惊诧的是人们竟如此地担心自己因干了蠢事而出丑并为干了正确的事而感到不知所措。在新的环境中，这种现象显得尤其突出。我们甚至还对我们自己或别的人是否谨守本分表示怀疑。在步入新生活时，人们往往会干出不雅之事。在你还未掌握技能之前尝试某些新的事物，往往需要勇气。就把馅饼当作荣誉勋章贴在脸上吧！来看看玛塔的例子。

玛塔是一位单身母亲，也是一位受人尊敬的专业人士。她平时总是穿戴讲究，一对孪生女儿也被她打扮得光鲜亮丽。在进行校外考察旅行时，玛塔的孩子们总吃高级的袋装午餐，并时常参加豪华的聚会。有一年，玛塔突然发觉自己已无力交纳房租，无力支付女儿上私立学校的费用、保育费以及其他各项须由她来自行支付的费用。

有几个月，玛塔一直保持着原来的形象，私下里却对自己该

怎么办感到极为不安。她没让任何人知道自己已身陷困境之中。她的体重开始直线下降。她不再去朋友家拜访。由于再也无力为女儿和她的同学们举办昂贵的周末聚会，所以，她只好腾出更多的时间和女儿"独处"。玛塔觉得自己好像成了一个彻底的失败者。更糟的是，她已让自己的孩子们失望了。她感到羞愧难当。

12月份的学杂费未能支付。学校又寄来另一份清单，提醒她支付下学期的费用。一天，她去学校接女儿。这是她在客户量下降后所得到的一项意外享受。校长走过来同她寒暄。一时冲动之下（玛塔很少冲动，冲动行事就更少了），她对校长说，自己目前经济拮据，大概得把孩子转到别的学校去。

校长直视着她的眼睛并说："孩子属于这里，她们不该到别处去。"玛塔收到了孩子下一学年的注册通知书，各项费用全部被免除。这一经历使得玛塔在改变自己原有"形象"并与周围的人们保持平等方面有了更大的勇气。她不再穿精致的套装，而改穿舒适的牛仔裤接送孩子。在生意变得清淡之后，她和"名媛淑女"一道出去喝咖啡，闲谈时不动声色地跟她们讲了自己已风光不再的事。

时光飞逝。人人都喜爱这位焕然一新、平易近人、轻松快乐的玛塔。最终，他们也感到自己有能力向她提供帮助。她收到了夏季外出度假的邀请；一位热心的家长为她"额外地"打扫了几天屋子；最重要的是，一群女人还帮她招来了新的客户。

到了秋天，她重又站稳了脚跟，并为女儿支付了学费。现在，她决心不再变成以前那个迷恋工作、追求完美的人。她失去了昔日的光彩，却找到了自我。

☀

知道自己想在自己所面对的新环境中以什么样的面貌示人是有益的。你想对自己有什么样的感觉？你想让别人怎样回应你？只是向自己提出这些问题，就可以使你的直觉、才智和意识，引导你成为在任何特定时期你都想成为的人。

☀

有句话说，意外的惊喜往往能让我们看清自己想成为什么样的人。我是个害羞的人，有点神经过敏，还有一点控制欲。在我不得不第一次公开亮相并接受电视采访时，我被吓坏了。糟糕的是，我那时还在打一场争夺孩子监护权的官司，而我所说的每一句话都可以被对方拿到法庭上来攻击我。我事先暗下决心，要把自己的生活打理得井井有条，说话要冷静，看上去要完美无缺（给法庭做的姿态），让人看到自己是一个严肃正常的女人（还是给法庭做的姿态）。我确实成功地（且无聊地）做了几个这样的节目。

接着，我被邀请到全国联播的早间节目《观点访谈》上露面。我试图把自己塑造成"公众人物"，但就是不行。我感到，仅凭运气，在全国性的电视台上好像会表现不佳，令人失望。

尽管有些泄气，但我还是决定顺势而为。结果，我以打趣、大笑、与观众谈天说地的方式，录制了我的一档最佳访谈节目。我想要得到自己有能力给观众带来真正有价值的东西的感觉。最终，我感受到了温暖、真诚和愉悦，同时还将一个易于接受的直觉的概念呈现在了观众面前。

那天，我见到了全新的我，那个由一次小危机催生的自我。

从那天起，我一直享受着接受访谈的乐趣。你们也会用那个从你们体内露出的全新的你给自己带来意外的惊喜，并在这一过程继续进行时找到新的欢乐。

要把无法避免的意外作为有价值的课程来接受，并注意你所做的及所感受到的，与你所希望的或你以往的经验将是不同的。这能使你更快地进化为那个能够在你的新的化身中茁壮成长的你。

储存情感的能量

在确信自己已积累了足够的情感和其他储备的同时，不要剥夺自己的细微快乐。危机期间，即便是在自身福祉方面作出的看似无足轻重的小小牺牲，也会阻碍你走出迷雾、重见光明。

☀

我们都认识在生活出现问题时，体重出现剧增或剧减的人。还有那些在生活出现问题时追求享乐，甚至是具有毁灭性影响的

享乐的人。还有那些遇到压力便不再做任何放松和愉悦之事的人。除了所面临的压力外，这些人还有什么共同之处？他们驾驭感官需求及冲动的能力已经出了岔子。

在感官银行开立的账户可以提升个人的福祉。存入与支出的适当平衡可以产生力量。在你的感官银行账户中储存了什么？是能够滋养、愉悦你的五种感官的任何东西。这些东西不应在两个方面给你造成伤害：一是滋养和愉悦这五种感官时量要适度；二是对这五种感官的滋养和愉悦要相对平衡。

在你让一种感官过多摄食时，你往往会让另一种感官处于饥饿状态。很多过度进食者对所吃食物的色香味及质地毫无感觉。过量饮酒的人用酒精来麻痹他们的感官和知觉，目的是为了减轻痛苦。

你怎么来解决这一点呢？尤其是在危机期间，重要的是确保自己的每种感官都能得到满足并正常发挥作用。还要记住一点，即你的第六感官——通过思考与记忆来认知环境的能力——也需要喂养。培育能滋润心灵的思想。寻找不会让你产生怀旧之情或其他痛苦的正面记忆。

现在，请深呼吸一次，并把自己带回到某种能舒缓身心的记忆之中。你无须寻找这一记忆，它自会找上门来；你的直觉将会完美地作出这一选择，它会挑选一种记忆来疗愈你和引导你，即使你不了解它为何和如何被挑选。让这种记忆充满你的身心，直到你的每一种感官、每一个思绪、每一块肌肉都浸润在这种舒服的记忆之中。

让这种记忆把你带到某个特定的境地中。此时，它会触动另一个记忆——舒适的体验与一个又一个记忆和一个又一个感觉——听觉、触觉、知觉、味觉、嗅觉——相交融。

在你吸入舒适的轻柔气味时，让你自己留心直觉所挑选的这些记忆。它们有什么共同之处？这些记忆中有哪些元素、感觉、地点、情境是目前的你可以得到的？从这些记忆里挑出一些在你

目前的生活中可以得到的元素：一座特别的公园、一种气味、一种颜色或者某一个人。向你自己作出承诺：在自己的生活中以某种方式和这些要素发生联系。在你睁开眼睛，寻找房间里的某样东西，从而发现这样东西也能给你带来舒适时，让这种舒适的养分与你同在。

确保你能为自己提供身体、情感、精神等营养的一种方法是创造仪式。仪式——极其特别的是庆祝和哀悼仪式——是日常生活中的重要概念。仪式标志着进步，它是为损失提供支持的信号，可以让我们内在及外在的团体提供智慧和支持。

让就寝前的那段时间变成一个宁静的时刻。如果你有消极的想法，那就找一张鼓舞人心的 CD 来充分表达你内在的声音。举行一个小型仪式让自己确信，在你睡觉的时候事情正在得到解决。上床之前要先想好第二天早晨你将采取的第一个积极行动是什么。拟定一份清单，写上在你睡觉时你的潜意识将要处理或解决的各个事项。

花时间超越世俗的现实生活

超越，名词，意指一：处在物质经验范围之上或之外的存在状态；二：优于、胜过或高出通常范围的状态。

☀

如果能够顺利地经受危机，那么危机就是一个真正艰难的工作时期，一次马拉松式的转变。危机期间，我们会发现我们的真正自我，并开创新的架构和关系，以及新的表达与互动方式。在这一过程中，我们会为损失感到遗憾，不再抓住过去不放，于是，我们也就不会从未来之中被拖回来了。我们将面对旧时的记忆：埋在内心深处的伤痛、梦想、天赋、所爱和各种能力，并以新的方式加以运用和诠释。我们的直觉将带领我们走向一个全新的世界，并促使我们有意识和步调一致地向前迈进。

尽管这一个过程可以是充满活力和鼓舞人心的，但它却总是让人感到疲惫、惊恐和疏离。总之，你需要充电，需要找到一条能够回归力量与支持的道路。你需要找到超越当下"世俗现实"，并将你与我们共同分享、为你提供支持与平静的智慧和同一性连结起来的种种经历。

✳

甚至在战斗中也有平静的时刻。这些时刻可以让我们头脑清醒、积聚能量，并让我们同我们的核心部分以及我们所爱的世界——尽管我们正处在某种情势之中——保持一致步调。

我们每个人都可以用不同的方式找到这些纯净的时刻。我的儿子性格外向，在他感到压力过重，需要平静和观察事物的视角时，他会投身于社交活动之中，让自己充分感受同志的情谊，沉浸在群体之中。

我这个人性格内向。对我来说，以这种方式来释放压力几乎是无法容忍的。只有在精力充沛时我才能与人互动；否则，我就会感到吃力。我在沉默和祈祷时，在静下心来聆听宇宙的呢喃低语时，能够找到超越的时刻。

我的男友自有其充电的方式：不一定非有别人陪伴、让自己沉浸在网络信息的大海中、在网上下西洋快棋或读书。这可以让他忘记自己和自己的遭遇，并将自己转移到一个可以受到滋养和感到平静的地方。

✳

我们每个人都以一套自己的方式来为自己充电。下面是人们用来充电的几种方式：

- 静坐冥想和祈祷

- 跳舞唱歌

- 与一群人互动

- 慢跑

- 研究新的想法

- 找个好伙伴大吃一顿

- 付出或接收疗愈能量

- 付出或接收直觉灵感

- 倾听另一个人说话

- 约束自己

- 参加团体仪式，如宗教礼拜、庆祝会，甚至是丧礼

- 做家务（没错，有人还通过这种方式冥想呢）

- 写诗或进行艺术创作

用我的话来说，超越就是：我们的祈祷方式各有不同，但我们都必须祈祷。

超越的时刻提醒你，你是一个比你本身更伟大的事物的重要组成部分。这种事物可以滋养、教育、转变你，把你带到一个平静的所在，即便在你的物质体验中根本找不到平静。超越可以让你突破通常的自我界线，到达某个地方，在那里，你可以品味从一个新的视角来理解事物以及从容许整体力量带你行走一段时间的过程中得到康复的妙处。

这些于无意之中获得体验的时刻，提供了一个可以让直觉与疗愈潜入其中的多孔空间。就像在睡眠之中，在你的肌肉得到放松和滋养，你的有意识的头脑得到休息，以卸载它的通路、组织

思维和感觉时，超越的时刻将使这一过程出现在我们清醒的日常生活中。

　　找出这些时刻。它们具有养护作用，是必不可少的。为了正常发育，在快速成长时期，孩子们需要大量的睡眠。危机期间，为了让你带着力量、知识、洞察力和完整性上升到存在的下一个层次，你需要培育超越的时刻。超越可以让你高居于"世俗现实"之上，让你的精神和感官脱离意识的挣扎与冲突，得到片刻休憩。

※

　　危机所特有的好处之一是：一旦将自己置身于危机之中，你就要承担解决危机的义务。在一心留恋过去的同时你不可能迈步向前，在放眼未来的同时你也不可能有多余的精力处理当前的问题。一旦你承诺要做当下的自己，众多的工具和观点就可以为你所用。

● 如果你属于 愤怒 型，那么，超越的时刻就有可能对你构成威胁，你就有可能为了保持愤怒的强度而避开这样的时刻。不这样做，会让你感到不安全。在超越的时刻获得正确认识之后，你的决策与行动能力将变得更加强大，在表明自己的观点时你也将变得更具说服力。

● 如果你属于 焦虑 型，那么，你就有可能避开超越的时刻，因为你觉得如果不再关注问题，问题就会把你压倒。在每一个时刻你都无法采取行动。如果你让自己休息一下，那么不仅问题会变得更加明朗，相应的解决方案也将有机会在你的脑海中出现。

● 如果你属于 抑郁 型，那么，你就有可能避开超越的时刻，因为超越的时刻要求你从你的安全之所转移出来，哪怕只是稍微地移动一下，而这样的行动仍然需要花费一点力气。不过，要考虑到，超越的时刻将会给你以支援，以让生活中每一项必须完成的任务变得更简单。

- 如果你属于 否认 型，那么，你就有可能避开超越的时刻，以让自己的活动保持较高的水平，并避免将那些使自己感到恐惧、悲伤或愤怒的事情暴露出来。不过，要考虑到超越的时刻里蕴藏着智慧与工具，以此可以解决为了获得美与欢乐而必须最终加以解决的问题。

※

生活是一场将自我的那些往往处于分离状态的部分与我们周围有时处于对抗状态的世界加以整合的斗争。生活要靠意志、勇气、决断和心灵来经营。超越是我们那个更大但界定不够分明的部分所赠予的礼物，正是这份礼物让我们知道，在争取成为人类实体的过程中，我们将会体验和得到什么。

我们实现超越的那些时刻将赋予我们力量和判断能力，可以使我们带着勇气并沿着正确的方向继续我们的人生之旅。如果你并未注意到这些超越的时刻，那你就将错过这个节目的幕间休息时间。超越的时刻可以通过日常的活动来构建，如静坐冥想、让心中充满喜乐、祈祷、施予及接受疗愈、进行艺术创作、写作、与孩子或朋友玩耍等。可以让你的意识得到休息，又能让你的身体与潜意识安然无恙的任何事情，都可以让你的另一个部分再次与你这个整体自由地连为一体，从中汲取寓于其中的力量与知识。

让我们感到幸运的是，在我们并不安全的时候，超越也会来到我们身边。危机中，在我们受到震动并发生改变时，可以拯救生命、拯救自我的时刻将会出现在我们面前，使我们头脑清醒，方向明确。

❋

你通过下一次呼吸来成长。你通过痛苦、快乐和别的任何事情来成长。是的，你宁愿通过快乐来成长，但是你现在就处在你所在的地方。而此刻，你就在这里，无论这里是何处。

有了超越，你就把你所属的那个类型抛在了身后。你并未作出反应；你只是一个存在。超越时刻所带来的智慧可以通过基于一种新理解所采取的行动而被带到你的生活之中。你将拥有接受全新的现实模式的空间与支持力量。

- 对焦虑型的人来说，这是你将得到更多机会，几乎不犯致命错误，并在这个世界之中和你自己身上找到所需要的东西的保证。

- 对愤怒型的人来说，这意味着你能得到机会来获取和拥有为你所错过的任何有价值的东西。你可以变成你本来就可以变成的一切事物。

- 对否认型的人来说，这意味着即便你不加否认，一切最终也都是完好的。清澈明晰将不会展示你是如何受到伤害的，而是要展示你实际上受到了多大的伤害。

- 对抑郁型的人来说，这意味着始终有足够的支持。你无须凭一己之力去找寻提供支持的力量。你并不孤单。世上有一个平静的地方，而这个地方就在你的心中。痛苦将得到缓解；你可以把痛苦交给一个更大的整体。

❋

当超越在你的生活中努力为你充电时，你可能还是会自相矛盾地需要回到自己对地狱的想象之中，目的只是偶尔地与之打个招呼并体验一下这种想象和你是如何改变的。在你获得超越为你提供的洞察力与力量时，你的旧自我与旧世界便会将你召回，直到你完成一个彻底的转变。

在这样的时刻，需要记住的重要纪律是采取节制的做法。假如你必须发火、害怕、躲藏或消沉，要让这些情绪的爆发只持续很短一段时间，并且要在预定的时间里爆发。在我的家里，我们采取了定期举办"心理健康日"的方式：在这样的日子里，我们让自己尽情地发泄，并解决一小部分问题。在可行的时候——而不是在不得已的时候，可以在下午举办一个心理健康半日活动。当你在并非有意的情况下落入你不想看到的状态或行为之中时，可以虔诚地使用你的解救药方来重新辩明方向，继续在通往你所渴望和创造的未来的道路上前进。

别造成新的伤害

医生们都遵守希波克拉底誓言，其首要原则是那条训戒："第一，不要使其遭受伤害。"既然我们是自己最主要的守护者，那么，我们也要在我们自己的生活中努力遵从这条训戒。

＊

我想同大家一起分享杰出的精神科医师米勒博士（Dr. Frank Miller）介绍给我的一个深刻的理念：别造成新的伤害！

在改变时期和——坦白地说——一般的生活中间，你每天都在处理如此之多的事情，目的只是为了照看自己盘子里已有的东西。所以，重要的是要高度警惕，不要自寻烦恼，或者把自己置于很可能会雪上加霜的境地之中。

要留意生活中给你带来麻烦，或让你变得不像自己的人。在每个境况之中，与人互动期间，甚至在有机会的时候，都要问问自己："在这里，有没有会带来新伤害的潜在可能性？"

　　天真地与性好嫉妒的儿时伙伴共进午餐有可能造成新的伤害。不吃早餐有可能造成伤害，如果你体重过轻的话。逛街时放心地让自己不去花你不曾拥有的钱会造成新的伤害。

　　跟着我重复一遍：别造成新的伤害！

✳

　　在有毒的废弃物渗漏到环境之中时，该地区的居民所受到的伤害，与他们和污染源的距离及暴露在这种环境下的时间长度有直接的关系。出自你的过去的有害之人和有害境况也与之同理。你与这两者相处愈久，接触愈密，你就中毒愈深。

　　毒性与健康是相互对立的两个方面。健康——意味着充分运用你的力量来实现积极的改变——是你要优先考虑的问题。既然你已经开始践行"别造成新的伤害"这一定律，那就拿出一天时间拟定一份清单，列上你想避免的所有新的伤害，你会惊诧地发现，每天发生伤害的场合竟是如此之多。

❋

处在危机之中，我们有时会允许自己抱着"凡事顺其自然"的态度。要是有段时间我们感觉自己无法承受那种压力，那就说明我们正在和危机周旋！

不要把生活搞得一团糟。如果你的生活变成了这个样子，那你就必须彻底地清理一下。其理由是，我们从杂货店里偷了口香糖，我们的母亲会让我们回去向店主坦白交待。如果你把生活搞得一团糟，那就彻底地清理一下——尤其是你处在危机之中时。

❋

以下是你在这一章里已完成的事情：

● 你已经开始了创建一个群体的过程，这个群体可以为你带来一种在你的新世界里生活的崭新而精采的方式。

● 你正在把你的生活向每一种将给予你知识、力量和灵感，使你能够成功结束危机的支持开放。

- 你正在寻找一种崭新而独特的方式来表达自己。这是一种从你的世界和你的体内发出的声音，可以以一种建设性的和具有改造力的方式为其他人所听到和承认。

- 你正在运用直觉和统一性来指导自己实现有效的转变。

- 你把一只脚放在另一脚的前面并涉足于未知的领域，从而赢得了做事英勇的名声。

哀悼你的损失并为其画上荣耀的句点

损失是生命的一部分，它执意要求你建立一个更真实的自我和一份更真实的生活。事物都会土崩瓦解。如果你能够成功地在5岁、10岁，甚至15岁时忠实于自己的生活，那你现在将会是谁？在你想要找回那些不再存在的事物时，请记住这一点。你将缔造一种新的生活。你现在正在缔造这种生活。

花一点时间拟出一份清单，列出通过这一危机使生活中的你和种种潜在价值得到提高的方式。如果你此刻想不起可能出现的积极行为，那就虚构一些事情。

比如："我的婚姻破裂了。"

- 我正在学：爱自己。
- 我正在和新的人见面。
- 每个人对我都很好。
- 许多扇门正在为我打开。
- 下一次，我要建立一种良好的关系。
- 我和家人的关系更好了。
- 我从关心我的朋友那里得到了很多获得新体验的机会。
- 在经历苦不堪言的节食之后，我终于减掉了 10 磅。
- 我正在找回我的幽默感。

当然，在这份清单的末尾，你的反应大概是"谁会在乎啊"。不过，这些都是你要了解的重要事项。所以，你将能够通过"诱使"自己向前迈进来强化和加快这个改变的进程。我敢保证，总

有一天，你还是会又一次在乎的。

请你的朋友或心理治疗师来帮助你。即便是最恐怖的事情，也能塑造一个更加强壮、更有能力，也更快乐的你。第一步是把你的注意力重新转向危机如何让你面对一个全新的世界和全新的你，然后再找出这些改变的可取之处。

我知道这项建议听上去会显得何等的荒唐。为危机所造成的后果喝彩并不是一件让人高兴的事。不过，这是你与危机和平共处的唯一方式。你需要在危机中得以幸存，并找到改变了的你从这一体验中得以成长的方法。

另一个选择是滞留在已受伤害的状态中，但这一选择是你和你的生活不能接受的。为了避免让自己滞留在已受伤害的状态中，你可以做下列事情：

- 和别人吃一顿便饭，看看能否找到工作。

- 开始写日记，目的只是把你在新的生活中所取得的各项成就记录下来。

- 请你的朋友们定个日子，让大家在这一天好好地宠着你。

- 把全新的你好好打扮一下（如果手头不宽裕，也可以穿从朋友们那里或从你自己的衣柜里找到的旧衣服）。

- 和那些为你成功变身而喝彩的人们摽在一起。

- 请朋友们安排一天时间为你出谋划策，便于你为新的生活做好准备。

- 请所有朋友给你发电子邮件，说说在你转变的过程中，他们最喜欢你哪一点（你可以用搞笑的方式将他们的话再表述一下，让人看了不会觉得尴尬。"我觉得自己像个爬行者。我正在绞尽脑汁，想找出这样做有什么好处。竭诚欢迎各位说出这种改变对我有何好处。"）

我们身边有无限的可能性。

※

如果你有所损失，而且，无论损失的是什么，对你来说，都是没有价值的，那你现在就不会处在危机之中。在损失发生时，我们会继续为我们在自己的生活中所遭受的所有损失进行尚未完成的哀悼。我们始终不能从一种经历中彻底地汲取养分，而每一个能引起我们回忆的记号甚至是再次的伤害又都可以为我们继续疗愈的进程创造机会。

在某人死去时，深爱他的朋友和家人都需要进行哀悼。然而，这些深爱他的人所做的第一件事并不是哀悼，而是办好该办的事。把亲人们聚集起来。处理尚未了结之事。弄清保险事宜。安排下葬。处理遗产。

在安排好当前的待办事项之后，悲痛才会袭来，尽管在处理这些事项的同时也能够感受到这一损失。在该办的事项没能照顾周全、对生活的新需求和现有的需求受到忽略时，亲人们就会陷入麻烦之中。

令人吃惊的是，在料理新生活的各项事务时，你已经在向你的新生活小心缓慢地过渡了。即使你并不清楚是怎么过渡的，简单地改变一下你的行为就足以在你的生活中催生一连串积极的变化。在改变自己行为的过程中，你会自然而然地着手处理危机或动荡。

在做本章中各个练习的过程中，你可以踏踏实实地花一点时间哀悼这一损失和之前出现的每一个其他损失。写一首诗。点燃蜡烛以缅怀逝者。唱一首悲歌并放声大哭。和旧有的你，即一度相信过往烟云依然存的那个人聊上片刻。悲伤是改变的一个不可或缺的要素。在你经历哀伤但并未沉溺其中，也并未克制自己不去感受时，你便承认了以前在你面前发生的事和现在在你面前发生的事是有重要意义的。安排时间去缅怀殇逝，求得并接受自己和他人的抚慰。

我母亲的生日和忌日都在三月。这两个日子紧挨着我的生日——这个日子由我和我儿子共享——以及我男友的生日，他的生日比我和儿子的早一天。我把每年的三月奉献给庆祝和悼念、悼念和庆祝，然后便迈向新生的四月。

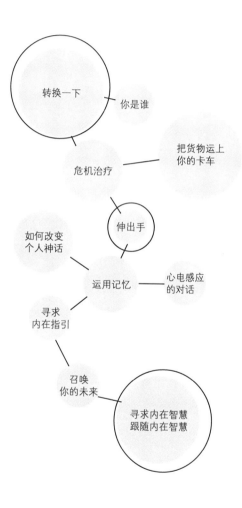

Welcome to Your Crisis

柒

摆脱三个死亡陷阱——沉湎、怪罪和报复

  在本章中，我要请你抛弃三种诱人的心灵旧习：沉湎、怪罪和报复。我把这三样称作死亡陷阱，我之所以这样说，是因为它们会把你和已逝去的生活死死地绑在一起。这些死亡陷阱都很诱人，因为它们给了你理想中的海市蜃楼。沉湎让你的心里反复萦绕着过去的情节，编造着不一样的结局，还把那些同样难忘的旧剧情的前因后果任意排列组合；怪罪让你通过转移自己的注意力和将自己本该承担的责任转嫁他人，以便消除自身的失落感；报复容许你有一种幻想，即不管是任何人还是任何事，只要伤害了你就须得再次帮你恢复完整。

  不管是沉湎、怪罪，还是报复，它们都会把你的注意力从该着眼之处——改善你目前和未来的生活——转移走，并且让你的注意力始终聚焦于过去。就让你我携起手来，与注意力和情绪能量之中的这三个危险黑洞告别吧！

遗忘—原谅—信心—圆满

在我们踏上遍布沉湎、怪罪和报复这三个陷阱的痛苦之旅前，让我们先来做个疗愈实验。

首先，花点时间试想一下，你可以忘掉自身所经历的危机，原谅伤害你的人、事或自然力。假装全宇宙——上苍、你的内在智慧及你所依存的信仰——都支持你，并且你目前也有足够的力量让自己快乐和进行自我疗愈。想象一下，如果这些都是真的，你现在的感受是什么。

我们时常会缅怀自我失落的一切，直到真正释怀。每一回流连过往，体悟都会有所不同，这是因为我们自身也在不断转变，而在每次的回顾之中我们也会获得某些东西。我们不该栖息在哀戚里，即使在最艰难的时期也是如此。只有当我们有能力展现生命的活力与韧性时，才有资格造访哀伤。哀伤总有其缘故，但有时这样的缘故只是一些虚假的信念。

　　无论你是属于哪种反应类型（如第四章所讲），在你遇上危机时，都有可能陷入沉湎、怪罪和报复这三个死亡陷阱。这三个死亡陷阱会让你深深陷入过去的深渊当中无法自拔。而一旦你绕过了这些陷阱往前迈进，你就可以把能量、注意力及所有资源集中于目前及未来。

<h2 style="text-align:center">了解怪罪</h2>

　　首先，让我们检视怪罪及其解药——原谅。有些事情，例如身体和精神虐待这样的事情总是令人无法容忍。然而，受害者要想生存，其注意力就要从过去的现实转移到目前的形势上来。这种生存下来的能力，也正是由受害者转为赢家所必须的本事。

　　对否认型的人来说，原谅不是假装什么事也没发生；对愤怒型的人而言，原谅也不是记恨。你何必把精力浪费在那些伤害自己的人身上？对焦虑型的人来说，原谅不是忍气吞声。唯有主动选择不受伤，你才不会受到伤害。你可以运用自身所有的经验带领自己远走高飞，去任何你想去的地方；而对抑郁型的人来说，原谅不是自责，更不是把所有问题都归咎于自己。

当你领悟到只有当下才能疗愈过去时，原谅便由此而生了。原谅是将你的精力和资源重新聚集于当前目标之上。当你一味忙于追究责任，不管是归咎于自己还是他人，你就是在紧抓着伤害不放。原谅就意味着将全副心神投入当下。当你懂得了原谅，也就表明你在拒绝其他人或形势来争夺你的力量。原谅就是把自己本身看得比自己所遭遇到的任何伤害都重要。

当然，对我们而言，最难以原谅的也是自己。即便你明明是受害者，你也总能找到理由责怪自己，或首先让自己更容易受伤。实际上，你的责怪或愧疚既于事无补又毫无理性可言，而且这两者都无法助你在生命中前行。误以为停留在过去就可以改写过去，只能将自己引入歧途。我们还有两种虚拟的力量：纠错的力量和情绪的力量。但如果我们放弃愧疚和责怪，我们便能直面伤害，而这也才是我们该做的事。

并非因为原谅是件正确的事所以要去做，而是唯有如此，旧的形势才不会占据你目前的生活，也只有这样你才能有足够的空间容纳自己全新的身体、工作、情感与人生。就算你偶尔仍会觉得生活空虚，但你的生命已趋向完满。而你若不能放开过去，那些真正全新且真实的人们和体验也就无法进入你的生命。仅仅悟到这一点，通常就足以帮你完成原谅这项困难的任务了。

每当你觉得无法原谅时，不妨留意一下过去的人或事占据了你多少生命空间。难道你就甘愿为这些前尘往事放弃更美好、更真诚、更真实的事物吗？比方说，你对父亲的愤怒会占据本该容纳一个美好的支持、相信你的人该占的空间。怪罪你那擅告恶状的妹妹会占掉原本可以容纳理解的空间。而如果你不能原谅以前的伴侣或男女朋友，你的感情世界就依然充斥着他们的身影。谁会希望一直这样？何不试着和另一个愿意且能够满足你需求的人交往呢？倘若你不能原谅生命、上苍、老板等等，你也就放弃了自己作出真正改变的能力。

原谅并不是在替伤害你的行径、人或事件找借口，只是拒绝让它们再继续占据你的生命空间而已。生存下来并寻求更好的生活是人类的本能。你保持着自我觉知，而只有当你拒绝原谅的时候才会失去它，原谅已然成为你的一种觉知模式。如果你再也感觉不到背上插的那把刀，就说明你已谅解了一切。此时的你也将从这份经验中得到长进，而不再一味沦陷于伤害之中。

要做到原谅，你得清楚你究竟觉得自己都失落了什么，并明白固守着这些感受只会让失落感持续下去。原谅能松开捆绑在你身上的失落感，并把那些怪罪情绪所占用的心神解放出来。原谅让你获得自由并增添力量。为了帮助你明白怪罪所耗费的情绪和精神代价，你不妨试着列出那些被浪费掉的精力所具有的其他用途。

下面，我就举几个例子做参考。

- 我发现这个世界总是让我失望。我捧着世界一流大学的毕业证书到处找工作，可目前仍在失业中。而原谅了目前的形势之后，我就将精力转而投入寻找一份更好工作的目标之上，并努力让自己坚定地作出这样的转变，以使这目标变成可能。

或者：

- 我原谅了我父亲。我不再与他搏斗，而是省下这份力气来增加自己的力量。

或者：

- 我原谅老板炒我鱿鱼，并把生气的能量省下来用于找份自己真正中意的工作。

或者：

- 我原谅再度愚弄和伤害自己的伴侣，并把这份力气省下来爱自己，这样才有机会吸引那个真正为我着想的人。
又或者：

● 我原谅上苍（宇宙，甚至包括上帝）把我所爱的人夺走。我将重拾爱的能力，让自己再投入地爱一回。

记得有这样一句老话："原谅且遗忘"。要想释怀，你得先原谅。你得先松开紧握着过去的双手，才能腾出手来营造、抚慰、爱、开创以及把握一份全新的美好生活。你若不能原谅，那就只能停泊在不复存在的过去，而它对你一点帮助也没有。

了解沉湎

想要回到过去并改变已然发生的事、说过的话、曾有的感受或营造某些不一样的感觉，都是很自然的事。然而，沉湎也代表着一种对疗愈的微弱渴望。

沉湎于过去是我个人最喜爱也是代价最为昂贵的沉溺形式：它让思绪自由徜徉并一直沉溺于"但愿如何"的假设之中；沉湎是一种持续的幻想，像一场时空之旅，它能改写现实中永远不可能实现的结局；沉湎是一种最直接的自我伤害，它让你把精力从当前转移，在力所不及的过去之中耗尽自己的全力；沉湎又像是一场你自导自演且无人观看的电影；沉湎还是我们逃避内心深处的真实需要，回避当前的不快，并且耗费我们精力的惯用方式；沉湎让你待在过去，幻想自己可以掌控一切地生活在这些你所熟悉的环境里。

我们可以运用一种常被称为心电感应的简单对话技巧来改变这种形势。这项技巧还可以用来疗愈发生在过去、现在甚至未来的事。你时常会发现，运用这种技巧后，和你对话的那个人真的会改变态度，甚至会与你联系并继续先前你通过直觉而与他（她）进行的远距离谈话。

参加我工作坊活动的一位女性学员被诊断为肺癌早期。可她从不抽烟，从没在有害的环境中工作，家族中也从没有这样的先例，但她还是得了肺癌。

她见到我时，一心只想知道为什么这种倒霉事偏偏会落到她头上，她现在该怎么办，以及怎样才能改变这个事实。她曾在某本书上看到，罹患肺癌通常是因为那个患者心中有解不开的哀伤所致。她是如何让自己哀伤的？难道这一切都是因为她母亲离家出走导致的吗？这是她母亲的错吗？要是她母亲当初没离家出走的话，现在她就能健康了吗？要是她早点接受心理治疗化解了忧伤，是不是就可以免除这场危机呢？

她把精力全花在琢磨这些事情上，却忽略了自己此刻真正该做的事：为那个可能会让自己获救的大手术做准备，尽管开刀并不见得是件好事。另外，她既没有寻求非传统的治疗方案，也没去寻找一个相关的社群去指引自己渡过难关。面对目前的处境，她不是想方设法地使治疗顺利进行，而是一味地沉湎于过去，以至于所有能化解及缩短危机的方法都被她错过了。

她来工作坊接受治疗。她的同伴对她行按手礼（laying on of hands），也就是灵疗（psychic healing）。接受灵疗之后，她问同伴："你觉得我康复了吗？"同伴答不出来，同时也因为这样的一个话题而感到异常沮丧。我们敦促她面对"世俗的现实"，也就是直面目前处境的具体细节，并建议她先把病情搞清楚，然后试试所有的方法——疗愈、心理治疗、手术、支持，让自己得到最好的治疗机会以获得自己想要的生活。我们提醒她，别再和这个境况所引起的愤怒与哀伤纠缠，也许这也正是她一直不能拥有稳定持久的感情或满意职业的原因所在。我们还建议她，处理这个问题的最佳方案就是在癌细胞扩散之前赶快动手术，然后勇敢地迈向她一直渴望但却一直未能为自己开创的新生活。大家纷纷替她找数据或在电话中陪她聊天。一位年纪较大的女士甚至还表示，自己愿意在她手术后像妈妈一样照顾她。然而，这位学员在对众人的热心支持表示感谢之后，继而问道："你们觉得我康复了吗?"

　　我真希望能告诉诸位这个故事有个完满的大结局。但很遗憾，我和她最终失去了联系。我有一个决不主动追踪学员状况的原则，除非他们自己再来找我。但愿她从工作坊中得到了足够的支持与指引，并已经采取了及时且恰当的行动，但我实在怀疑这只是我的假设。我猜想最好的结果是，她一直沉溺在自己的想法里，直至癌症恶化，痛苦难当逼得她不得不面对现实。可令人难过的是，一旦走到这一步，手术的效果也就不太让人乐观了。

要想和这种沉湎于过去的状态周旋，你必须懂得自律。回到熟悉的地方也许会勾起你的痛苦回忆，但也能让你从中得到些许的安慰。那些熟悉的地方让我们暂时不用面对当前的挑战及陌生的未来。但你可以也必须通过有意识地将意念集中于现在，以便和心中那种眷恋过去的力量抗衡，而这一注意力还必须时刻保持活跃与专注的状态。每当你发现自己又溜回去沉湎时，赶紧找件事情做——泡咖啡、缴账单、冲个澡，做什么都好——以便使自己回归当下。将那个能够舒缓身心的幻想集中于未来而非过去。如果能将过去排除在外，那么幻想便会充满希望、安抚和鼓舞人心的力量。以下是一些可助你达成这个目标的活动：

● 画一幅梦想成真的图画，然后仔细端详并记下你对它的印象。通过这个技巧，你将发现潜意识和直觉会传递给你很多有用的信息。你也可以把这张图拿给朋友看，问问他（她）从中看出了什么。要允许你自己和你的生活变得如此生动有趣，就像现在这样。

- 和一年之后的自己对话。想象一年之后的自己，假装一切就这样过去了也很好，尽管事实上这一切还未真正结束（妻子一去不回之后，你再度谈了一场轰轰烈烈的恋爱），让未来的你告诉现在的你究竟如何才能做到这一切，交谈时要尽量让自己的叙述真实具体。我还喜欢把谈话的内容记录下来，就像创作剧本的对白一样，但你也可以闭上眼，听自己独白。

- 如果你真的很怀念过去，那就允许你回味过去，但只能在短时间或规定时间内进行。

- 我工作坊的学员都有过一个有趣的练习经历，就是学员两人一组，互相扮演对方想与之对话的某个人或情景。学员们往往会挑选长久以来杳无音讯或一见面就吵架的人。通常不出几个礼拜，那个人就会打来电话，继续这场类似心电感应的对话（这一切都在不知不觉中进行）。

缅怀，带你回到一处既不复存在又无法再现的地方。你只能

在现在为过去疗伤止痛。也唯有这样，你的力量、灵感和对你的
疗愈才能产生奇迹般的作用，并且使你过去的错误得到纠正。

了解报复

报复的想法是疗愈的起点，报复的目的能反映出人们对自身
完整性的渴求。想要施加报复及弥补失落的幻想让我们感觉自身
充满力量且再度完整起来。我见过一些曾因遭到配偶或老板的虐
待而进行报复的人。我也见过一些用自暴自弃来回击上苍不仁的
人。危机往往伴随着令人无法理解的伤害，但到了某个特定时
间，你和你的存在、成就以及快乐就会比那些伤害你的人或事更
为重要。愈能淡忘生活中的不公，你就愈有力量去开创对自己真
正有意义的事情。

当然，我所说的不公不是那些视助人为己任的侠义之士所要
破除的社会不公。我们之所以要淡忘生活中的不公，除了为自身
的完整之外，还另有原因。我指的是那些受害者为了讨回公道，

纠缠于个人恩怨却鲜少能获胜的争执。正如一句意大利谚语说的：“所有的菜肴都得趁热吃，唯独报复这道菜除外。”意思是说，当你因为受了伤害而正在气头上时，你的冲动却只会伤害你自己。

为报复而报复，很可能会事与愿违，让你的生活更加混乱不堪。唯有具备充足的理性，你才能集中火力击中要害。不过事隔一段时间，你的想法可能也会有所转变，那时你也就不会再把精力耗费在报复这件事上了。说服自己别再冲动报复的简单方法是：意识到自己是在气头上进行报复，而且此时自己所受到的伤害可能比遭报复的对象还要深，是说服自己脱离报复的关键。先把报复暂且搁在一边，等你情绪稳定下来，恢复了力量，并且能够心平气和地客观看待事情时，如果还是想报复的话，你再去做吧。

更有效的做法是，你首先要确认自己处于愤怒之中并且急需再次充满力量，然后再帮助自己把愤怒代谢掉，并采取有效的行动来建立新生活，无论这行动多么微小都无妨。

如果你感到自己已被报复的渴望冲昏了头脑，那你可以尝试做以下事情：

- 审视你的报复幻想。问问自己，除了看到对方付出代价而感到高兴之外，你还会得到什么。要知道，这一天的到来不仅需要你等待很长一段时间，而且在这期间你也只能被动地等待，而无法通过别的积极方式让自己得到什么。换言之，你等于是把力量交到别人手中，而自己却无力满足自身的需求。现在你把所有愤怒的力量集中起来，假装对方并不存在，换种方式来满足自己的需求。比如说，列出自己为达成这个目标所要完成的事。

- 举办个葬礼。邀请一些亲近的朋友参加，把某个恶劣的人或形势埋葬起来（当然是象征性的）。你可以念一段悼辞，想说多长就说多长，让那些脱口而出的话带给自己惊喜。再花几分钟时间悼念失落，并说说蜕变后的你是什么样的（请从积极角度来说，仿佛你已经达成目标了），最后再举办个小小的狂欢庆祝一下。这种我称之为葬礼兼婚礼的仪式，在我的工作坊里已经举行

过无数次了。而这一过程也确实令人感到满足，具有净化心灵的
疗效。

- 找个枕头放在你面前，假装它就是你想施以报复的那个人
或事。告诉它你的想法并且把自己曾转作它用的能量收回来。让
它知道你将变成怎样的人（请往好的方面想），而且它再也别想
打垮你了。反复这样说，直到你可以痛哭、大笑或尽情释放其他
情绪，觉得心中舒畅为止。

- 列出某个人或某种形势从你这里夺走了什么。想象这个人
就站在你面前（若你想象不出来，就尝试用其他方式感受对方的
存在），伸手从对方身上把这些东西一一取回，让他（她）知道
这些东西属于你，而不是他（她）。

- 一旦你心中萌生了报复的念头，就马上采取这些措施。

- 一旦你重拾力量，你就会发现别人的回应也变得有意思起
来。我们和过去生命中的各种人与经历紧密相连。当你切断这些
联系，并取回属于你的东西，你的生命便开始展现魔力，而且你
也会从那些曾施加伤害给你的人身上找回本应属于自己的魔力。

● "活得好便是最好的报复。"你现在有了一条疗伤止痛的训诫。

☀

沉湎、怪罪和报复是你持续沉溺于过去的所有方式。

所有的失落都可能引发背叛感。你可能会感觉自己被出卖了，因为你纵容恶劣的形势继续，放弃了自身所拥有的力量而不得不为此付出代价。例如，你放纵自己，养成了暴食或抽烟的坏习惯，现在你明白了恰恰是这些恶习在偷盗你的生命。你的成长也可能会背叛你，它让你不再渴望那些你曾经以为自己会永远珍惜的人、事、物。你也可能被某人、你的（生了病的）身体、你的公司、你所处的社会，甚至你的救世主所出卖。你所依赖的准则变了，不管是因为某件事还是你的意识所致，反正你不再相信它们了。

在你觉得遭到背叛时，你会希望从这个世界、自我的概念以及自身的信仰里重新找到力量。就从你与世界、生活的点滴，以及你所处的"世俗现实"的互动里开始吧！重新找到力量来源之后，这些力量会带给你真实具体的回馈，你可以利用它来开创新局面，你也会找到更适合自己的新理念。而在此之前，你不会迷失而只是一时走错了地方。你会发现一些全新且更适合自己的信念。最后你非但没有丢失自我，反而在你的新世界里找到了更具创意也更有力量的自我。更重要的是，与此同时，你周围的世界也将以崭新的方式响应你的行动，并且赋予你力量。

这并不意味着，你周围的一切都会神奇地各归其位。想学会走路就得先经历跌倒，学会在跌倒后爬起来抖抖灰尘，再不停尝试。别对自己太挑剔，把挑剔自己的时间和精力省下来用在下一次的尝试上吧。失败意味着成功已不再遥远，也意味着你一直在努力。

那些十分悲观且只会坐而论道的思考者会问："既然有可能再遭背叛，何苦再试一次？"让我来告诉你原因吧，那是因为你别无选择。你总得依循某些信念行事，没错，有些信念将最终背叛你，一如随着个人的成长你也会摒弃某些信念并背叛旧的自我一样。那些曾声称"完美才值得"的人都是否认型的。事实上，没有什么是完美的，除非你接受它的本来面目。

和中国人一样，意大利人也说："知足常乐。"背叛是生命中的完美缺憾。让我们从虽不完美但完全可以接受的简单事物中寻找快乐吧！愤怒型的人会说："不公平，我绝不接受。"不愿接受唾手可得又比比皆是的东西，只是自己跟自己过不去。要知道，现实不是你所能掌控的。

你唯一可以选择的是，决定自己怎样在真实的世界里活下去并得到你想要的一切。焦虑型的你会问，如何直面自己对不完美的恐惧心态？答案是，你不妨把这种恐惧当成自己的一头野兽来驯服好了。一旦缺憾进入你的现实之中，它便只是一些可以作用于你那丰富而充满喜悦的生活的因素而已了。

我们又该如何面对背叛呢？我们必须承认，它是达到快乐、创意和充实自我不可或缺的一部分。我们无法在驻足原地的同时前进。海洋、人类、任何情感关系、公司与社会也都如此。

最终，背叛能够得到的礼物是真诚。当你遭到背叛时，你会难以想象自己反而会因此得到一个开启最真实的自我的契机：你内在的信念使你能依赖自己的内在力量、直觉、判断和选择。在生命成长的每个阶段，你都可以活出真实的自己并适当地满足自己的需求。难道你希望自己现在还用奶瓶喝奶、让人抱着去所有地方或者依然垫着尿不湿吗？然而，抛弃这些旧日生活的辅助条件皆可被你视为一种背叛。你是否从中明白了，其实，你是有能力感应到并满足自身需求的。

没错，我希望我母亲自杀时能为她的四个孩子着想，也希望苛刻、爱挑剔的父亲能让我觉得自己很重要而且很特别，更希望我的前夫能信守自己在财务上的承诺。然而，现在的朋友及家人对我的照顾和关爱有时还真让我受宠若惊，我生活中有很多人和事（包括我父亲在内）都让我觉得自己棒极了，尤其是我还拥有了一份能让自己在经济上完全独立的事业。因背叛而创造的事物让我经历了完全不同的人生，所有这些我都不会再轻易放弃。

逝去的往昔无法再满足你的需求。我可以不求回报地爱我的母亲，充分享受父亲所给予的一切，并记住正是由于我们这种的父女关系才帮我吸引了一位可以托付终生的男人走进自己的生命里。我也明白经济上的压力给了我生命中最宝贵的东西——事业。这些所得远比那些离我们而去的人与事更为重要。

当你由被动反应转为主动开创时，你就可以用清晰准确而又实际的方式察觉自己失落了什么。也许所有的转机都蕴含着失落。你甚至会失去一些自己原本急欲摆脱的东西，例如身上的赘肉、坏习性、不如意的差事、苦涩的恋情等，这些都曾经界定了你。而你的新自我则会更客观地去衡量事物。客观和现实也许令人痛苦，但它们却是你构筑梦想的坚实地基。

现在就问问自己，如何才能让你感觉到自己已拥有所需要的一切。复原后的自己会是什么模样？下决心变成那样的话，就把那个自己描绘出来、说出来、用舞蹈表现出来，或请朋友来帮助你创造出来吧。慢慢地把心中图像在自己身上体现出来，假装自己已经变成了那个样子，并让直觉帮助自己依然可以认出那个新自己。

在遭遇危机时，很少有人已事先练习如何顺利渡过危机。人们总是以习惯的模式去响应，如同我们在第四章中所讨论过的。

愤怒型的人会火冒三丈、大发雷霆；抑郁型的人会马上放弃；焦虑型的人不是被吓呆了，就是因失去理智而做些疯狂的事；否认型的人则会对问题视而不见，直到事态愈发严峻，甚至侵蚀了他们生活中的一切。

☀

如果你愿意的话，可以先在自己的头脑中进行演练，以便在真正的危机来临之前将其解除，防患于未然。有些公司在积极迎接未来愿景时常用一个被称为"情境模拟"的技巧。

请想象下面的情节。当你被炒鱿鱼、被配偶抛弃或生了病时，你会有怎样的感觉？你该怎么办？你最直接的反应是什么？你知道该怎样响应才对吗？让自己把这些场景从头到尾模拟一遍，速度要快，最好在一分钟之内做完。

接下来一步步有条不紊地处理自己所遇到的类似危机。充分利用你在本书里学到的东西。你现在的做法和以前有什么不同了吗？你有哪些选择？谁能帮你？要通过危机的考验，你还需要了解自己哪些地方？结果会发生改变吗？

别忘了演练一下你最终在危机中存活下来并得到自我提升的模拟情境，让你的思想和直觉在问题发生之前就有机会学习如何解决它。

✻

情境模拟甚至还可以编成游戏。在我儿子出生之前，我一直玩一个叫作时空之旅的游戏。想一想，如果自己可以带着现在已熟知的一切穿越时光回到过去，我会有什么不同。

当然，在早期的幻想里我不会让母亲自杀，会保存外婆的童话书，会找讨厌的小学校长理论等等。然而，现在的我比以前务实多了，不会再做那些幻想，不会误以为逆转失落就能留存宝贵的东西。要是我这次救活了母亲，但以后她依然会试图自杀，并且需要我倾注所有的精力与时间来照顾她时，我该怎么办呢？要是我真的找那个校长理论，结果却被这所好学校开除了，那又该怎么办呢？

再想一想，如果儿子出生之后我再不能玩这游戏又会如何。

毕竟，关于他的任何细节我都无法改变。我若是过着不同的生活，他也不会是现在的他。也许，我还会错过他的每个转变。这么说来，把我拉进生命中最漫长的一段危机，让我各方面都措手不及的导火索，竟然就是儿子的出生。然而，我也常常凝视着儿子暗自纳闷，假如没有他我又该怎样活下去。每当此时，我不得不承认自己宁愿再度经历从前的各种苦痛，只为了现在能和他在一起。

沉湎有时候会伪装成反省

上个世纪里，新的学科如心理学、精神病学和精神分析学等如雨后春笋般出现，这些学科皆围绕着一个概念，那就是我们唯有对自身的问题与危机有所了解后，才能获得具有针对性的治疗方案。对此，我想提出不一样的看法：人们应该在顺利进行疗愈之后，再去了解自己这个创伤背景（只要这种疗愈不是永无止境地延缓下去的话）。

当一些重大危机将我们的生活冲击得摇摇欲坠时，想探究危机发生的原因是自然而然的事。但是，在此仓促混乱之际，探究原因的努力却只是浪费时间。首先，想在"事情发生之时"理解前因后果终归只是徒劳；其次，要想真正理解生命中的大事，我们还需要隔着一段距离，从不同的角度加以审视才行；同样重要的是，当你与危机周旋时，你需要投入全部的心思、精力及其他资源将眼前的生活过好。

当初"可能怎样"、"应该怎样"，或"早知道如何就好了"的想法，对目前都无济于事。你眼前的处境依然是孤立无援的。而目前你所能做的，就是了解自己身在何处以及如何充分利用手边所有的资源来解决困难，而回答这些迫切问题则需要你能具有充足的精力及智慧。

面对突然的改变，你可能犯下的一个最大错误是：你会一直拖延行动的时间，直到自己可以全面权衡目前形势和自己可能作出的选择为止。可你不知道的是，倘若你能活在当下，充分利用当下，你也就能即刻迈向完整的自己。沉湎于昨日，总是重温错误与失望（总是沉溺于病态的自责中），将使你一再陷入过去的沼泽中动弹不得。从此刻起，就把你的注意力放在眼下自己能做什么上吧！

请别误会，虽然治疗性咨询在治疗过程里扮演着很重要的角色，而且你通过这种咨询，的确会对创伤事件有一定程度上的理解。然而，这样的理解，唯有随着时空距离的加大，在你学会与其保持距离并换个不同的角度看待它之后才会到来。

与此同时，你就必须迈步向前了。

你必须放开痛苦

沉湎、责怪和报复让我们陷入痛苦的泥潭无法自拔，也正是这种对痛苦的沉溺使我们裹足不前。生命要蜕变，你必须学会面对危机所带来的痛苦，即便你可能很难从中解脱。

❋

过去，你的生活有多少次被毁灭、被击垮或被震得粉碎而你却毫无察觉？你不仅依然存在，还完整得可以待在这里读着这些字句。

·*·

没有痛苦，就没有收获，不是吗？未能把你击倒的，就将使你被磨练得更坚韧，不是吗？

其实，我也恨透了"吃苦当作吃补"这句套话。

痛苦很折磨人，而经年累月的痛苦只会令人耗神丧志，并阻碍我们的成长。

·*·

但我们还是紧抓着痛苦不放。我们一面说服自己放开手，一面却又抓得更牢。放开痛苦意味着忘记痛苦的源头——昔日的旧生活！其实，在放手的一刹那，哀伤才算真正来临。因为痛苦所造成的伤害只有哀伤能够抚慰。

·*·

无论作为个体还是整体，我们都是为了教导与学习而生的。

但我们的课程没必要总是充满了痛苦。

学习的方式是可以由我们自主选择的。当那个觉醒的瞬间来临，我们便可以向宇宙大声呼唤："换个别的方式教我吧！"

※

想想"有意义"这个词。如果你想让某项体验有意义，那你首先得学会做个旁观者。当这项体验对你有用时，也可能会让你觉得难以忍受。我们应当学会如何疏导它，并将其冲击力引至特定方向。

当你处在危机状态时，很难知晓当下的经历有何意义，但你依然可以将其理解为：这份经历将会使自己的生命更美好。要做到这一点，你就先要记住那个反应类型测验以及你自己的类型。

※

一旦明白生命是个具有前因后果的连续体时，我们就会发现，失落也具有其价值。我们生生世世彼此帮助，而决不要以为自己一直是孤单一人，或者觉得自己的奋斗毫无意义。奋斗的过程往往是痛苦的，在有些很极端的情况下的确如此，但它决不是毫无意义的。

事实上，我们此生的存在正是为了同时进行学习与教授这两件事。

有时，你也许会纳闷，自己连完成最简单的任务都得花费很大功夫，特别是遇上危机时更是如此，那又怎么会有资格当人家的老师呢？这个问题的答案就在于我们彼此相系。就像当一棵树被昆虫、火焰或其他因素侵害时，它会分泌保护液一样。对这棵树本身而言，这没有什么大不了的。然而科学家却发现，当森林一端有棵树受损时，与其相距最远的树木也会分泌保护液。

就像树木一样，我们彼此相连——你、我以及众生万物。你在生活中奋斗不懈所学得的，所有人也会学得。

你遇上危机等于人人也遇上危机，每个落到你身上看似不公平的打击，也都会波及你身边的其他人。而当你通过危机的考验，你也就教会了我们所有人如何通过这样的考验。

＊

在危机期间，你大概没办法再付出你曾经已习惯给予他人的东西。婚后，我曾经变得很富有，可以经常给予亲朋好友财力上的支持。

可等我遇上难关就再也没钱资助他人了。这让我觉得自己像个可怜虫。老实说，我和一些亲友的关系也因此而疏远了。而我真正能长期给予他人的其实只有一样东西，那就是我的直觉和洞察力。直觉是我与生俱来的禀赋，也是我最令人感到舒适的特质，而我能付出的也就如此而已。

数年后我发觉，对于众多朋友来说，我的这份天赋比我从前赠予他们的金钱更为宝贵。也正是由于这份天赋，我才能和我所热爱的生活紧密相连。

＊

让我们一起花费片刻为自己所失去的东西哀悼，并承认我们会不时徘徊在哀悼之中，直到新生活全面开始为止。当你不再容许那三个陷阱把你困在过去，你便能更充分地感觉到自己的失落。而对失落的深刻恐惧，一开始反而会把你和失去的东西更加紧密地拴在一起。

☀

你可以哀悼、痛哭，甚至请朋友陪你一起哀悼。即便只是为一份不理想的工作、失败的婚姻、个人的恶习，或无论其他什么，你都有权去怀念它、悼念它，并请朋友与你一起为这种失落喝彩。

请你明白，尽管受伤害的苦痛令人难以忍受，并且你甚至都无法想象自己能熬过这一关。有时，你被伤得太深，甚至连自己都想象不出解脱后会是什么滋味。然而，痛苦也可以是动力，当你把它作为动力之时，你也就不会再觉得那么痛苦难耐了。

练习：心电感应式对话

我们会借着沉湎、怪罪和报复沉溺于过去的原因之一，在于我们深知自己无法回到过去并逆转事实，特别是当一切已时过境迁时。先前提到心电感应式对话可以用在其他各种不同状况里，但现在，我们要用这种方法来帮助你解决唯有用它才能解决的问题（比方说，解决你与一位已从你生命中消失的人之间可能存在过的矛盾问题。）

做一个长长的深呼吸，并且留心你所有的感觉和思绪，用你做得到的任何方式去感觉那人就在你身边。再花点时间去留意，对你自己进行疗愈的过程中，这人（你所说的这个对象）会有什么样的感受，他（她）会看到什么、听到什么或知道些什么。另外，还要留意你自身会有什么样的感受，你会记得什么、看到什么或听到什么，以便把你的感受传递给对方。最后，凭借你的亲身感受及你所感应到的对方的感觉，把你的感受、印象、记忆和声音传达出去。

把这人或这情境记住，要注意将自己、那人或那情境与你或你的心灵分隔开来，这样你就可以用你的心灵之眼在你和"它"之间来回端详了。

把你心灵之眼所见的影像或情境当成事实，这时你就可以让自己真正地和这人或这情境进行沟通了。

想象一下这人就站在墙前面，或想象这人就坐在沙发上，你还替他（她）倒了杯水。记住，你不必看清这人的相貌，而只要感觉到他（她）的存在，或只是知道他（她）在那里就行了。

现在开始问自己，你需要从这人身上知道些什么，然后等待他（她）给出答案。当然，你不妨再运用所有的感官去问答，假设自己能看到、感受到、听到、闻到、尝到或仅仅只是知道自己的疑问和答案是什么。这样做几分钟后，你会逐渐感觉到一些信息流和感受在你与想象中的对象之间来回流动。

这个练习的目的是在一定程度上解决问题。在这个过程里，你得和对方讨论哪里出了问题，并找出一个最佳的解决之道。如果你能等待对方的响应，而不要编造，也不要有任何的个人期待，那么你就会从很多不同的方式感觉到对方的响应。你也许真的能听到、看到、感觉到或用别的方式察觉到对方所传达的讯息。

这个练习最后也可能会让你泄气，因为你所联系到的并不是对方"更高层次的自我",而是那个人本身,因而你也会同时感受到现实里的他(她)及当前形势的所有负面讯息。

你也许需要反复练习这个方法,并且也有可能会发现这个练习似乎也并没对你的情况带来什么有效改变。倘若是这样,你就得开始把注意力转移到表达自己的想法上面,直到你觉得足够贴切为止。你往往也会发现,这场想象中设定的人物几天之后真的打电话来,并意欲"继续"这场对话。

如果习惯书写的话,你也不妨一边做这个练习,一边把它记录下来,或至少开始时这样做。当然,你也可以用录音的方式。

每次做完这个练习,还要请你务必彻底忘记它。而且,任何一次练习的时间也不要超过五分钟,你总不想在潜意识里一直和这个棘手的人或事纠缠不清吧。这个练习旨在花一点时间让自己清醒地与对方对话、联系与沟通,并藉此引出你的内在"动力",再将其传送给在你"外在"的那个人(或情境),好让自己能从不同的角度来理清自己是谁以及自己还有哪些选择。

这项练习最不可思议的地方,在于这种对话往往会延伸到你的真实生活之中，好像你真的可以借这个练习达到与对方进行现实协商和沟通的目的一般。生活里有很多不同的层面，而我们的内心被滋养得愈加健康，也就愈有力量以正面而有效的方式作出真正的人生改变。

Welcome to Your
Crisis

捌

改写你的个人神话

　　你是谁？现在，我们又和那个在第一章中就提到的问题碰头了。

　　你和你的故事显然是两个概念。事实上，你的故事本身并不准确，也不客观，除非它能帮你达成目标，否则对理解"你是谁"这个问题而言，它纯属多余。只有你自己的选择才能决定你是谁以及你的故事是怎样的。就像过去，我们听过太多关于别人如何直面危机、奋发图强并最终出人头地的故事。可遗憾的是，我们也听过同样多小时了了大未必佳者的故事。

　　你的故事不是你的生命史，你的选择才是你的自传。

☀

　　每个人都有属于自己的故事、戏码和神话，并且它们还会在我们的一生中反复上演。这些故事通常世代相传，甚至在我们还没出生前，就已由我们父母的故事和我们出生时的环境编织而成了，大多数故事都受制于类似程式。在这场演出中，我们周围的整个世界和所有人都只是演员而已。

✳

你的神话是什么呢？倘若你还不确定的话，想想你的父母及兄弟姊妹是如何描述你的。例如，我是家中那个愿意"承担责任的人"；我有个妹妹总是"替罪羊"；我家中还有个"小可人儿"。就这样，你往往一直活在从小就强加于你的神话之中。

在生命的转换期里，这种过时的个人神话对你而言尤其危险。下面，且看杰夫的例子。

杰夫总以为自己很特别。尽管他的童年并不幸福，但他自幼因才华出众而颇为引人注目，并且还总是受到特别的待遇。成年后，他在事业初期也算一帆风顺，取得了许多令人瞩目的成就。但外出吃饭时，没人真的能注意到，他总是那个点菜单上的菜，却又要求餐馆作些改动的人。报个人所得税期间也是一样，大家都为了准时申报而手忙脚乱时，也只有他除外。他总想着在自己方便的时候再去做这事，但他却总也没有这个方便的时间。一旦遇到令他不悦的事，他就选择逃避，他似乎总是很会"保护"自己，彷佛自己是个一碰就碎的玻璃人。

　　然而，30岁左右时，他也进入了人生的瓶颈期。他的事业开始停滞不前，压根没时间谈感情，经常感觉很累并动辄即怒，有时候甚至还会暴跳如雷。多年来他从不去医院，从不看牙医，也从不找会计师或律师，而仅靠着"特殊"这层金钟罩保护着自己。40岁时，他的生活简直一团糟，但他却从没想过把自己日常生活中琐碎而单调乏味的事情打点好，就像其他普通人一样。有人带他去看心理医生，然而在他眼里自己可比这些医生聪明多了，而且以这些治疗师的智商根本无法读懂他。

　　杰夫对寻求帮助毫无概念。他的个人神话生生把他自己推入了危机。只有当自己被逼入绝境，各种条件都愈发有限时，他才幡然醒悟自己不能再继续这种特立独行的生活方式了。当危机袭来时，他的身体、财务、事业和人际关系全都摇摇欲坠了。

你一直珍视的内在历程

　　每则个人神话之中都有一段我们所珍视的内在历程，并且我们还相信这段历程会保护我们和我们的神话。其实，每则神话中也包含了一种核心恐惧与核心欲望。下面，就让我们回顾一下杰夫的例子：

- 个人神话：我很特别。

- 一直珍视的内在历程：在我之外的一切都不可信。

- 核心恐惧：我没那么有能力，我只是个无名小卒。

- 核心欲望：被爱，并以自己的本来面目被人接纳。

核心恐惧与核心欲望往往是最容易辨别的。用心听听自己说了些什么、表达了什么态度，然后再改写它。杰夫最爱挂在嘴边的话是："我只是个平凡人。"和"我才不在乎你们同不同意。"尽管，他表现出友善的优越感，但其中也隐含着自欺欺人的成分。

另一个例子：

- 个人神话：我主导一切。

- 一直珍视的内在历程：别人的努力我都不满意，他们总是不尽全力。

- 核心恐惧：我很无能。

- 核心欲望：感到自己有价值。

再一例：

- 个人神话：我尽责又独立。

- 一直珍视的内在历程：我什么都不需要，我只需要照顾他人。

- 核心恐惧：幻灭。

- 核心欲望：依赖他人。

通常，你发现自己的个人神话的最佳方式，是依据别人看待你的眼光，尤其是当你还是孩子时别人如何看你：热心助人、颐

指气使、好胡思乱想、脆弱、敏感亦或有艺术细胞这样的看法来进行自我判断。

危机经常憾动我们的个人神话，尽管它并非挑战到其中的核心部分。例如，杰夫终于发现自己并没有那么特别，而且也同普通人一样不能脱离社会或生活的规则。所幸的是，他还没有犯下什么不可挽回的错误。最终，他也接受了朋友的帮助，并在那些朋友的帮助下明白了一些规则，还知道了该如何遵循规则行事。在挽救自己生活的过程里，杰夫看到了自己的核心恐惧与核心欲望。当他不再"特别"、整个人糗态百出时，他反而得到了爱、关怀和拥抱！

请回答下列问题：

- 在遇到危机之前，你最强烈的信念是什么？
- 你的口头禅是什么？当你的信念或想法遭到质疑时，你最常说什么？

- 你个性中最大的优点是什么？

- 你个性中最糟糕的缺点又是什么？

现在，好好考量一下你的答案，并且改写它们。假装这些都是别人的答案，也假装你和自己并肩而坐，你们俩要互相竞争，看看各自哪些方面最好，哪些方面又最差。

下面，再请朋友替你填写关于你的个人神话的问卷。

- 我的个人神话为何？

- 我面对世界最常用的方式是什么？

- 我最怕什么？

- 我最想要什么？

他们回答得正确与否，你心知肚明。要想了解自己的个人神话，可不是一两天时间就能办到的，它是一个持续很长时间的过程。这种神话是要你展开新人生的生存方式。也许，这些旧的个人神话曾一度挽救了你的生活。杰夫若不是坚信自己很特别，并且去追寻独特的经验和表达方式来维系他的神话，他可能早已因儿时所经历的家庭暴力与漠视毁掉了一生。然而，如同世间万物的生长规律一样，我们总在成长，原本曾支撑你的神话如今可能又会成为一种新的禁锢。

那么，就思索一下你的个人神话从你身上夺走了什么吧。杰夫的神话阻挠他运用自己奋斗而来的一切为他开创稳定、家庭、成就和喜乐。由于他忽视自己因创造而引出的责任，所以那本该支撑着他的美好事业却瓦解了，但这也正是他成长的另一个开端，一如孩提时梦魇般的家庭对他的意义一样。

● 如果你的个人神话之一是独立，那表明你尚未获得自身成长所需要的滋养。

● 如果你的个人神话之一是主导一切，那证明你还没认清自己真正的强项是什么。

● 如果你遇上了危机，那旧神话便不再管用了。现在正是读读自己的老故事，写下"结局"，并为自己重拟一篇更愉快的故事的时候了。

※

你的个人神话可能过于乐观（否认型的）或过于自怨自艾（愤怒型的），因而无法客观反映你的生活——譬如某个人的神话听起来很美好，但他（她）的个人生活却缺乏了许多核心要素：爱情、金钱、成就感或健康等等。如果你的个人神话要你当特里萨修女或撒旦，那你大概需要找人谈谈你的神话，听听别人的看法和建议，再好好瞧一瞧，你的个人神话是否还与你的生活相匹配。

改写你的个人神话

当你开始觉醒，勇敢地面对哀伤并且大踏步向前迈进时，你不只是在为你自己，你也是在为你周围的人改写自己的故事。

正因为你改写了自己的戏码，那位原本一副严父面孔的球员也变严厉为温情，开始扮演激励孩子的角色。弃你而去的另一半，也许依然为你们的孩子扮演着有求必应的角色，并给你留下了你不想保留却又想每天都能再触碰一遍的过去。你的老板可能蛮不讲理、漠视下属，也可能是良师益友。这些改变往往都是因为你改写了自身的故事和个人神话的缘故。

现在是你自觉改写个人神话的时候了。我们通常会习惯于以从前的自己为基础去建立新的个人神话。那现在，我就要向你发出挑战，请你以自主选择成为怎样的人为基础去建立新的神话。遇上危机是你改写个人神话最理想的时机。此时的你正处于上个故事的结局和下个故事的起点之间，你可以选择继续旧主题（一如你之前做过的许多次一样），也可以选择改写故事，就从现在开始，藉此疗愈你未来的各个方面。

✳

杰夫的新版个人神话：我能为这世界作出贡献，我的声音必须被听见。

一直珍视的内在历程：关注那些支持我开创新生活的细节，

以及对安全感的渴求。

核心恐惧：失败。

核心欲望：被人看穿。

同样的，这则神话有朝一日也会过时，不过这要等杰夫完成目前的阶段性目标之后。

杰夫的故事还有些后话。比如，牙医发现他的牙齿长了个脓疮，而且根据牙医的判断，这病已伴随他十多年了。治疗之后，杰夫感觉自己过去那容易疲倦及火暴脾气的状况都得到了明显改善。目前，杰夫的事业一帆风顺，还和他所爱的女人成了家。杰夫偶尔还是会为了一日三餐、税务、运动、看牙医、上医院就诊等事生气，就像我们其他人一样。但他也会提醒自己，看看自己目前所拥有的生活，珍惜自己通过奋斗一手建立起来的家庭与事业。

✳

如果你是愤怒型的，时常觉得自己的辛勤付出没有得到他人的感激甚至还遭到拒绝，那我劝你要么只为自己付出最多，要么只在你乐意的时候付出，但你千万要控制好自己的情绪。如果你是抑郁型的，而你的神话将你压得喘不过气来，那就不妨找件你力所能及的小事情来着手和投注希望（比如爬一层楼梯，每天早上去咖啡厅喝杯咖啡，或涂上唇膏等）。

愤怒型的个人神话也许是这样的：我每天拼命工作，可是一回到家，我却发现一切都跟我的想象相距甚远：孩子不知感恩，老婆对我爱搭不理，老板也把我当奴隶使唤。

新版的个人神话则是：我知道什么事能让自己满足。我是为了自己而努力，虽说有得必有失，但我总把自己摆在第一位。因此，当精力过剩时，我便会把它转移到运动及工作上，好让自己更加健康、帅气和成功。大家都很羡慕我的旺盛精力，而我也很珍爱自己，因此我身边总是充满了懂得欣赏自己的人。

练习：如何改写个人神话

现在，花一点时间想想你自己的故事，也就是那些你即将抛弃的故事，或者可能是那个本会从你这里被夺走的故事。为了获得你自己的核心特质，请把你的故事浓缩成一句话吧。例如，历尽沧桑的女人为爱付出全部；可怜的男人一心求好，却一无所获；杰出的女性却被全世界误解与辜负。

当然，只用一句话来概括你的故事是有些过度简化了。不过，这样的一句话足以看出你选择用什么样的经历来界定自己。

眼下，再试着把你的故事概括为另一句话：这一次，你要主动写个关于自己想过什么样的生活、想当什么样的人的故事。例如，热情如火的恋人梦想成真；华尔街里点石成金的幸运男人；与友善世界分享自身洞见的智者。

接下来，你不妨再请好友简要地描述一下他眼中的你。有时候，借助朋友的视角才能让你把自己看得更清楚。

一旦你更新了自己的故事，就试着实现它，让这个故事具有生命吧。要把故事化为现实可能并不容易。思考这样的问题时，你可能会发现自己就是要从沙发上站起来，或抬脚走路都很费力。即便如此，当你正在假装自己置身于这个新版故事中时，你就会注意到自己的生活马上有了戏剧性的转变。

记得我在之前提到过关于科学家尼尔斯·玻尔（Niels Bohr）先生在家门前挂马蹄铁招揽好运的轶事吗？你不必相信自己的新故事真能梦想成真，你只要假装它已成真就行。

改写你的故事不会在一夕之间改变你的自我概念和自我认同，但它会启动这个改变的历程。心理学家们都知道，我们的作为会和我们的自我形象一致。仅从改写你的故事开始，也许起初只是一点点，但你的确会表现得和你所写的一致起来。

你的出狱通行证

你并非陷于自己惯性里的囚犯，而那些外在的敌人——某个人或某个情境——也不是你真正的敌人。只有那些让你陷在危机里动弹不得、停滞不前的人或情境才是你的敌人。

我们在遇上同样的问题时，常常会重蹈覆辙。我们会不断地重复同样的故事，直到真正将它解决为止，这也正是潜意识的作用。在这个过程中，如果你始终无法意识到自己吸引和启动改变的动力的话，你就将一再落入同样的困境。危机让你有机会去开创一段让自己处于不败之地的新关系，也让你有机会去改变既有的关系。

当然，没有任何两段感情或两种情境会一模一样，但它们可能会具有类似的特质，或者会以极为相似的方式开始和结束。比方说，你在恋爱中很会照顾对方，但自己的需求却没得到满足。又或者，你的恋情开始时总是轰轰烈烈、浓情蜜意，但最后却总是以一方或双方的意兴阑珊而告吹。倘若你必须为自己过去所有的恋情作出说明，你会怎么说？

以下是一些最终打破恶性循环，并将所有狱卒从你的生活中赶出去的方法：

- 察觉你以前的恋爱模式。
- 温和地改变目前感情关系中存在的这种旧模式。
- 警觉你所有新恋情中的模式。

● 为现实负起责任，认清自己并非这种模式的受害者。如果你的需求尚未从恋情里得到满足（有时这些需求很不健康或者原本就是无意识的），那就去察觉自己的需求是什么，并用别的方式来满足。

这就像有些时候，老歌听久了，就到该换些新歌来听的时候了。

练习：寻求内在指引

这项有力的练习将帮助你在睡眠中改写个人神话，并把新神话的力量和效果带进你的真实生活之中。

从多年的直觉运用经验中，我懂得了一件事——我们每个人都有走出迷雾的智慧。有时候，我们比以往任何时候都更加靠近内在的指引，有时我们甚至可以清晰地听到它的声音。转变发生时，我们急切地需要直觉带给我们澄明与笃定。

　　有时，我们的思绪也会受到惊吓、乱了方寸、绝望又惊慌，还有其他一大堆干扰情绪充斥于我们的内心，但直觉会让我们拨云见日。如果你想想在战乱中求生的小孩是怎么找食物、寻求庇护和相互交流的，你就会明白直觉的引导力量有多么强大了。

　　接下来的练习一定要在夜里做，而你内在那个最坚实、明智而完整的部分将为你指引方向。这练习可以在就寝前做，而且它只需要一小会儿时间。如果实在没有时间，你也可以在白天做这个练习，随后再小睡片刻，这会让你的直觉和内在的设定再重新对焦，并使你继续在正确轨道上前进。

　　睡眠是直觉和潜意识运作的最佳时机。你的意识和五种感官白天都忙于评估周围的环境，而在夜里睡眠时它们才能恢复自由，从容地处理你生活中的复杂问题。睡眠时，你也才能够感受并审查自己在清醒时刻所作的改变。这时，你也能前往智性的世界去搜寻自己要达成目标所需的信息与支持。

　　做这个练习时，你要先找个自己总是随身携带的物品。它可以是一件首饰、皮夹、手机、钥匙，或任何你随时带在身边的东西。

就寝之前，握着这物品说一遍你的目标，然后把这样物品放在你能摸得到的地方或戴在身上。这样，只要你愿意，你在夜里也能感觉到它的存在了。

另外，尽管你想要的可能仅仅是让自己感觉好过一点，或单纯地就想摆脱目前的处境这种很难见成效的目标，也不用担心它难以实现。时间会证明一切。

可能的话，运用你的感官去感受自己已实现目标时的状态。你可以去摸、去尝、去闻、去看（那些在你之内和围绕在你周围的东西）、去听，真心相信美梦可以成真，而不要只卡在那些细枝末节上。

每一次做这个练习，你的感受都会有所不同，这取决于你的心情、当天的状态、前一晚时你的直觉带给自己的领悟，以及在这个过程中你运用潜意识的熟练程度。当然，也别被你自己为实现目标所衍生的想法或感觉中存在的挑战给吓坏了。除非你处在全然的否定状态之下，否则你每次做这个练习，都能进一步觉察自己直觉失灵的原因所在。同时，你也将在探索自己的记忆与潜意识的过程中，体验到那些长久以来所积聚的疑虑。

信不信由你，这些疑虑都是好事。你将在睡觉时理清状况，于醒来时发觉形势日渐明朗。随着你在危机里劈荆斩棘，越来越接近目标，你就将发现当你做这个练习时，干扰也愈来愈少了。当这一切顺畅无阻的时候，你也就达到目标了。

在夜里，你的直觉将为你寻找自己在世上的最佳动向，你的潜意识则会努力修正你的模式，好让你稳健地实现这一动机，作出完美的响应。你随身携带的那个物品，也可以作为你在清醒时刻可随时开启直觉的开关。你可以受到自己的调控，就像被别人催眠时一样，只要一摸那个物品，你就进入了活跃的、直觉的、觉醒的状态。每当你需要迅速作出决定或响应时，你就将发现自己已不知不觉地去伸手触摸那个物品了。而这样做时，你也将拥有一种清晰且有方向的感觉。

这项练习所带来的结果一点也不神奇。我们本来就是能形成定式、也能解开定式的动物。而复原力的核心要素就在于要打造

一把坚固的钥匙，用它来打开通往更有力、更积极模式的大门。这个物品并非无可取代的幸运符，要是你不小心将其弄丢了，也可以拿另一物品替代它。与此同时，还要坚信你能为自己带来好运，更能让自己一直这样幸运下去。这个练习将使一种以最佳利益为优先考虑因素的思维方式成为你潜意识和日常生活模式的一部分，日复一日地如此去做，你就将开辟一段新生活。

Welcome to Your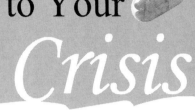
Crisis

玖

自己决定你想成为怎样的人

冲刺前的最后喘息

在迈向新生活的过渡期里，你只能逐渐理解危机从你身上夺走了什么。研究显示，不断地思索危机，其实只是在逼迫自己再次经历最原始的创伤事件，这样做只会不断伤害自己。想要摆脱这样的恶性循环，就要腾出时间进行自省，并安排相应活动，以便让这些伤害得以消化吸收。

危机会传染，健康也如是。因此，了解那些与你一同生活、一同共事的人都属于哪种反应类型是非常重要的。留意你家庭的反应模式，并观察你自己有哪些模式受到了你的家庭的影响，也许这些影响至今依然存在。家人是伟大的老师，他们对你的影响也将持续到你人生成长与变革的某些特定时期以外。

意识到自己是何种模式之后，你便能用笃定而有效的方式回应亲近的人。你能通过生命中不时出现的挑战与亲近的人一直维系积极健康、充满活力且热情洋溢的关系。在你教给孩子一些自我成长以及帮助他人成长的方法的同时，你也培养出了孩子的复原能力，而且让他们学会看重自身的独特反应模式及天赋。在接受疗愈的过程中，我们也都是治疗师，而觉醒与以上这样的连结关系则是引发改变的重要因素。

理清现实

长时间地盯着墙上的某一点时，你会发现自己盯的东西突然开始扭曲。找个东西试试看，注意它是如何渐渐走样的。

你目前总盯着什么看呢？由于过度关注，你想法和行为中的什么已经发生了扭曲？你应该把注意力的焦点放在哪里，才能让自己在开创新生活时更有力量呢？

✵

走到人生旅程的这一阶段，你反应模式的健康本质就能帮你与过去的危机彻底分道扬镳。这些健康本质如今是为了确保你能够开创新的生活，并帮助你和你的生活能顺应未来的转变。现在，你可以将愤怒、焦虑、抑郁、否认转化为健康且适于养生的能量，而不是被它们彻底压垮。

一旦学会运用这些可以保护自己的要素，即便未来你再遇上类似的侵袭，它们也会为你减缓伤害。的确，每一种反应类型皆包括感到伤害、感受从容，以及有所作为三种状态。面对威胁或失落时，其伤害感会自动显现，其优雅从容的一面也是一份独一无二的礼物，会在适当的时候得以彰显，并及时地疗愈你所受到的伤害。而每种反应类型的功能性状态则是我们生存及成长所需要的，也有益于我们开创、保护，并重建自我。

危机的任务之一是，它不仅会凸显我们目前所面临的挑战，也会提示你尽早发现生活中的潜在暗流。危机所带来的挑战是一种进化，也是一种追求更新、更有效，也更多喜悦的生活状态。你不妨运用这四种反应类型的积极本质来捍卫自己的福祉，预测未来，带领自己改变自我，并让自己清醒地活在当下。

- 运用 否认 的积极本质时，你得先行抛开危机让你实在想不通的地方，如那些无法处理且使不上力的部分。对有些我们无须理会也无法理解的谴责，则需要我们用否认的积极本质将其抛诸脑后，并使之烟消云散。

● 运用 抑郁 的积极本质时，你得先行放弃与失落的搏击，允许自己浸润在全新的自我、全新的生活和全新的世界里。只有如此，你才能把倾注于缅怀昔日的能量释放出来，将之全然投入到目前的生活之中。

● 运用 焦虑 的积极本质时，你得在遇到会让你受伤或会把你拉回过去的危机状态时适时地踌躇和沉吟一下。你能通过直觉性的恐惧感帮助自己悬崖勒马，以免掉入旧行径、旧关系，或会给自己造成伤害的情况里。

● 运用 愤怒 的积极本质时，你得避免受到和过去同样的伤害。你得划出一道你从前一直不敢划定的适当界线。而当你因为没有适当地保护自己而背离初衷时，你才会愤怒。

马克·吐温曾建议，当我们发怒时，应该慢慢地从一数到十后再张嘴开骂。马克·吐温很爱说笑，然而所有上乘的幽默也都有其深刻的真实性蕴含其中。我们的情绪有其积极的功能，但我们首先要学会驾驭这些情绪，而不是任凭这些情绪牵着我们的鼻子走。只有这样才能帮助你作出能滋养并保卫自己生活的决定。

你不必非要相信自己可以做到什么，有时那或许是一项不可能完成的任务。你只要一步一个脚印地往前走，给自己时间、空间、技能，并宽恕自己，就能让自己再次找到新的方向。

开创未来

走到目前这一点上，你已经搬走了阻碍你蜕变的所有障碍。你对新的现实、挑战、认知，及生活方式也已不再陌生，毕竟这里只有一点点时间、能量、空间去设定新目标或新生活的梦想。

但仍有一个好消息——不管你有多茫然，在回家的路上，你都已过了半程。你所付出的重建自我、为自己导航的能量也已经带领你离那个全新自我的诞生越来越近了。

我最喜欢拉姆·达斯（Ram Dass）所著的《磨坊里的谷物》（*Grist for the Mill*）一书的一句话，即"诞生的痛苦即死亡的痛苦，死亡的痛苦即诞生的痛苦"。这句话的意思是，在缔造新生活的同时，你也必须放弃那个旧生活。

在你死盯着危机的时候，所有的精力都会被迫聚集到你原本想抛弃的事情之上。请把最后这句话再读一遍。它的意思是，你就是你自身的能量和焦点，此时你正走向自己本想远离的地方。现在你恰恰需要向你所渴望开创的生活靠近，尽管你尚不清楚目标为何，以及在这个过程里你究竟想要远离的是什么。

❋

危机往往不请自来，亦总使我们有意识的心灵受到惊吓。我们的潜意识也很想弄清楚，危机为何偏偏在百废待兴、形势变化莫测之时出现，并让我们的生活变得更加混乱。答案显然是，生命必须不断地向前走。对于受苦的灵魂来说，这种套话并不能充分激励我们。然而，为了活得更好，我们也只能全心全意地把所有资源都倾注在开创新生活上面。

疗愈未来

我们之所以能够疗愈未来，是因为我们正在创造未来。疗愈未来具有无限的可能性，也许比疗愈过去还要容易得多。我们很容易把目光集中在失落与错误之上，毫无节制地把大量不正常也不健康的能量耗费在"要是这样就好了"或"但愿如何"这种不复存在的事情上面。而我们的能量只有用在尚未发生的事情上才会有意义。

当然，这也并非意味着你无法为过去疗伤止痛。通过运用一些类似直觉对话这样的技巧，就可以帮助你疗愈过去。但你的焦点必须放在当下——放在那些尚可为之，并且是你目前正在开创的事情上。

我们之所以常常陷入旧日时光之中，是因为在想象里，我们的力量、爱、美貌和幸运全都停留在过去。我们紧紧抓住这些回忆不放，好像借着回忆和忏悔便能让时光倒转，重新回到从前一样。我们觉得无力再造那些曾在自己生命中失落的东西。没错，我们确实无法再造过去，因为我们自己已经变了，这也是再合适不过的解释了。

然而，你也可以在未来开创或挽回你所珍视且曾经失落的一切。未来迥然不同，你可能难以相信，它将比你现在所能想象的更有力量、更动人，也更令人满足，这是因为你选择了成长（或者，是这个世界替你作了这项选择）。我对这一点非常肯定。如果你并不认同的话，你也不会看这本书。但如果你说，这本书就放在桌上，你只是随便拿来翻翻，那我不得不说，难道我们无时无刻不都在作决定吗？不管你是有意或无意，此时此刻的你正在选择去开创和疗愈你的未来。

最令我们满足的梦想只能是我们一手开创的那些，而不是我们深深眷恋并紧抓不放的这个。

✦

如果你可以把所有的错误、不公、病痛以及悲伤全部装进皮箱里，并把它丢在路旁一走了之，那会如何？若能这样，你根本不必"重新出发"，你会永远焕然一新，可以随心所欲地创造你想要的东西并充分利用生活所提供的每个机会。你也许会觉得陌生、孤单、脆弱，甚至有被出卖的感觉。但你最终还是可以无拘无束地去开创并经历一切，甚至对必须抛诸脑后的事情也可以有更好的理解。

你知道你每天花了多少时间提着那只皮箱晃荡，念念不忘它所装的内容或缺点，甚至让丢失的一部分行李从中作梗，阻挡了你所有可遇而不可求的机会？

如果眼前的每个当下，你都在为创造下一刻做准备，那么你甚至可以使自己所处的当下发生改变。你可以让自己舒服些，找个枕头靠一下，找点食物吃一吃，或想一些有可能实现的好事并模拟一下成功之后的情形。你也可以在电话上和那些能让你开心的人聊聊天，或动手把已经拖延了好几天、好几个礼拜，甚至好几个月的事做完。

只有告别拖延的这一刻，你才能脱离昔日的自己。你不再和生命中那些令自己不开心的因素绑在一起。你开始觉醒而且有能力改变甚至摆脱你的过去及目前的处境。你得作些选择了，就在当下。你可以按照原来的模式继续下去，也可以开辟一个新的天地。

我知道你的疑问。要是我得了慢性病呢？要是我的钱全都丢了呢？要是我先生提出离婚呢？要是我那不堪回首的童年让我受伤至深，以至于没法再开创健康的生活呢？

这些都是一直以来你所忍受的事情，你也用它们来界定你自己。的确，这些都是曾经发生在你身上，或者是你正在经历的情形，但这些也并不等于你。只要你能坚信这些是真实的，你便能在此刻作出改变。例如，倘若你病了，你可以作出像健康人一样过日子的选择，把自己当成已经摆脱疾病困扰的健康人。也别再紧紧抓住已失去的钱财、工作或爱情不放，而是腾出手来把握现在，拥抱未来吧。

你所拥有的选择可能寥寥无几，也可能无穷无尽，这完全取决于你看待问题的角度。多年来，我曾和成千上万的人共同分享关于自己写作的上一本书——《圆圈》——的心得。我见过很多似乎濒临毁灭、发现太迟、四分五裂或糟糕透顶，甚至从来不曾真的发生过什么的人生。这些人最后都能重新来过，只因为他们改变了看待事物的角度，并因这种角度的改变而使其精力和资源汇聚成了更强大的力量。

练习：召唤你的未来

不管你有没有感受到，你在处理目前的形势及开创新生活方面已变得愈加游刃有余，但这并非意味着你从此就能一帆风顺。这仅仅说明，倘若你持续下去，即便你目前在路上多灾多难，但走得愈远，你的世界也就会变得愈来愈好，并且在这一过程中，这种好甚至超乎你的想象并使你的生活信念和你自己都发生改变。当你在将来再次回想过去时，你会把这段经历视为自己人生的转折点，因为就在这一刻，你愈发能掌握自己并开创未来了。

有时，我们看似好运当头，既觅得了理想伴侣，又找到了可以"平步青云"的工作，没准还同时买对了股票。

其实，这些貌似意外的"时刻"都是我们在获得它们之前，自己的潜意识长期用心经营的结果。很多类似这些意外的完美时刻此时正从我们身旁溜走（不过别担心，还有更多的机会等着你），只因你尚未准备好吸引、发现或迎接它们。因此，你也尚未和自己特有的"好运气"联系上。幸好，我们可以马上通过疗愈未来去改变这种形势。

在阅读接下来的这一段时，请跟随书中的指引，并同时运用你的想象力。你会看到、摸到、听到，或通过别的方式感觉到你的想象，但别去评价自己的想象有多好，只需任意地随之遨游即可。而如果你什么都感觉不到，也别担心，即便你目前感觉不到，你的潜意识也正在发挥作用。

前几次做这个练习时，你不用记录，也别急着记住自己的体验。但随着练习熟练程度的提高，你受意识心灵的干扰会越来越少。这样，当有关你未来的宝贵讯息涌现时，你便会自然而然地想将它们记录下来。不用担心来不及记下，这些讯息不管怎样都会被你储存起来，留在你最爱的那个嘈杂的柜子——你的潜意识——里。

还要记得腾出一段时间让自己免受干扰。避免分散注意力的情形出现。比方说，外面的嘈杂声、电话铃响，甚至你自己的思绪都会对你形成干扰。在这些令你分心的事情出现时，请尽量不要让它们在你的心灵中留下任何痕迹。

现在就找个舒服的姿势，做个长长的深呼吸，缓缓将气吐尽，并反复几次。深呼吸时，你要暗示自己，你目前所做的练习不但会改变自己，也会改变你周围的世界。同时，你也会找到方向，规划出明天的旅行路线图。尽管你无法改变这就是你目前的生活这一事实，但你也将在接纳现实的这一刻启程，并在这全新的旅程中遇见新的人、新的情况，还有突然降临的好运气，这些将带领你回到自己那个真实存在的理想中的家园。

在你做好准备时，请想象一下自己已于此时此地出发，正走在一条道路上，你的脚步会带领你抵达你想去的任何地方。在这一过程中，你不需要知道自己正在朝哪里走，因为不管怎样，你都会抵达终点，因为那个在冥冥之中将要抵达的地方一直是你心目中真正的目的地。

你还要边走边留意自己路上遇见了哪些人和目睹了哪些事。无须费心记住这些人与事，你只要留意身旁发生了什么，以及它们是如何改变你的就足够了。在这段旅途中，你也许会有所领悟或真的得到力量，好让你在接下来的旅程中愈走愈轻松惬意。甚至，你还可以带着你所发现的任何事物一起走下去。

你会发现，随着自己每一次的呼吸吐纳，你也会渐渐放开从前的期盼和困惑，你还会感觉到自己的思想、身体和心灵都轻盈了起来。你的心在愈来愈净空的同时，也因为同你周围的真实事物之间产生的美好联系，而愈发充实起来。

在感受到这股能量的力道时，你会发觉目的地已近在眼前，而你也将最终顺利抵达那里。

你无须知道自己身在何处，只要知道自己已抵达终点，而且这里正是你想要去的地方就已足够了。你到家了，从家这个字所承载的最强大且最细腻的意义来看，只有抵达家中，你才是那个真正强壮和喜悦的自己。你的一切所需都已在身旁，你也拥有了家这个环境所需要的所有特质。

此刻，你对过往的一切都已了然于心，同时也看到自己正是得益于从前的教导，才能置身于这精致而完美的一刻。过去是你握在手心里的一颗璀璨宝石。虽然过去不再与你同在，但你仍然拥有它，此刻它也依然为你所用。

走完这段旅程后，再让自己全然沉浸在当下，并且明白是你带领着自己来到了这完美的终点。就算此刻你仍无法感觉到、看到，或知道自己身在何处，你身上指引、决定你人生方向的那个部分现在却能清晰地知道该何去何从。你会发现自己的内在本能，即便你并未有意识地理解什么，但你的内在本能依然能正确引领你并会为你筹划经历那完美一刻的过程。你自身筹划方面的经验智慧也将让你在每一天的每一刻都走得充满自信又优雅。

我希望你在每次做这个练习时，都会为自己规划崭新而又充满朝气的未来。此外，你的直觉和潜意识也会"预知"你将来可能碰到的困难，并帮助你找到最有效的处理工具，或提前规避可能出现的困难。

一段时间之后，你可能会从这项练习中获得关于自己未来的宝贵讯息。做完练习后，请写下你还能记住的细节。你记录下来的这些未发生之事的精确资料，也将会成为能证明你的直觉的确存在的最佳书面证据。书面记录很重要，因为当你知道自己有预知的能力，并且能运用这种能力改变结果时，你就能在生活中更有效地运用它了。

当然，这个练习的目的不是要你记住这些讯息，而是要让你允许直觉改造潜意识以获得成功。倘若你真的什么都记不得，那也要尊重这种情形，将其作为你个人的独特经历，并坚信这练习终会发挥作用。

开始几次刚做完这个练习的时候，你会发现自己注意力的焦点总是聚集在那种想要拿回失去的东西而不是允许一些新的事物进入内心的心情上面。当然，这种情况将随着你持续地进行练习而有所改变。直觉会带领你发现目前存在的最大可能性，并引导你认清在自己生命中已消逝的东西。你会发现自己回顾从前的方式不同了，这种务实可行的新方式将有助于你迈向未来。

　　练习几次之后，也许不到一分钟，你就能完成这个练习了。如果能在一天之内练习几次，则效果会更好。它也能帮助你使自己的日常经历更为顺遂。每次做练习时，你都将获得不同的体验。如果你没有这种感觉，则表明你的内在能力被切断了，因而无法开创并聚集那些有利于确立新模式所需的能量。倘若如此，不妨稍微作出一点改变，如变换练习的方式或地点。你可以在淋浴或坐地铁时练习，伴上音乐（几次之后再换另一首曲子），经常更换练习的地点或有点儿其他什么小变化便可以帮你打破旧模式。当你打破了那些旧模式，你也就为自己献上了革新这份大礼。

❋

　　美好的生活来之不易，它需要你每天作出调整，付出勇气与爱。我的助理常挂在嘴边的一句话是："要活得轻松真不容易！"

❋

　　你可以把全副心思都用来和过去纠缠，也可以决定作些单纯的改变，体验不同的经历，作出不同以往的选择，而且就从现在

开始。通过拒绝让过去摆布你的现在，你就可以摆脱过去的纠缠。这个决心本身，将使那些与过去有关的点点滴滴渗入你的意识，让你思索并找到解决之道。

眼下，你首先要决定自己想要开创什么。你不必描绘出一个完整的图像，也许此刻，你只能单纯地想到一些细节，譬如，吸口气时不会感到痛苦，或有足够的钱支付房租。要知道，你一旦下了决心，也就正式开始创造它了，因为你所有的资源都会被汇聚到这个目标上来。

你不必相信我要在下面谈到的内容，但本书中基于以下内容而产生的所有练习都会在你身上产生效果，不管你信还是不信。虽然我向来对需要持有某种信念才能达成目标的想法持怀疑态度。毕竟，有些事无论你是否相信，它都是会产生效果的。只要你做这些练习，无论你信不信，其中的真理都会改变你的生活。亦或者，如果它对你有了效用，你就将相信它。

✺

能量让我们和周围的一切连接在一起。你无时无刻不在传送着新的讯号，并吸引着新的信息与经验。一如我之前所述，当你的知觉作出细微的改变时，你的生活也就会发生相应的重大转变。现在就试试看吧！现在就决定你要开创一个新的现实吧！过去的就让它过去，当昨日重现，其再现的目的也只是想让你有更多的领悟，让你知晓如何挺进未来而已。

不同于前面所说的三个死亡陷阱，眼前触手可及的你的反应模式及记忆只是为了通知你，在跨步向前时你还存在着哪些更好的选择。你正通过在当下活得与众不同这样的方式来疗愈未来。这个做法既简单又有效。这样的真理是可以在每个人身上得到验证的。

你可以和某人或某事道别，然后再让他们以新的方式重新回到你面前。事实上，这也是他们回归的唯一路径。过去的定义就是已过去，而未来的定义才是你正在开创的事情。

你想成为什么样的人？

今天，就在你读着这个句子的当下，你正在开创你的下一

刻。你呼吸的方式、你的思绪、你直觉游荡的地方、你的坐姿、你所做的事以及你的一切，都正预示着你将变成什么模样。

充满活力的人生就是带着自己的方向与意愿，活在今天并开创未来。

你是谁？在本书中，我们会不时面对这个问题。

如果你必须向一位需要了解"真实的你"的人描述你自己，那你会怎么说呢？

花一点儿时间，写几个句子或几段话来描述自己。假如你目前正遭遇危机，或正在经历重大的转变，就描述一下动荡发生之前自己是怎样的吧。

以下是几个例子：

- 我是两个孩子的母亲。我把生活中的大部分时间用来培养他们，并使他们成为有用和快乐的人。我很喜欢绘画，并且希望有一天能以此为业。我希望自己做起事来能够有条不紊，而不是像现在这样总是丢三落四。我还是一位热情好客的主妇，人们都喜欢到我家来作客。

- 我是一个白手起家的人，目前经营着一家规模虽小但很成功的房地产中介公司。我善于为承租人寻找合适的住所。我爱我的家庭，经常为全家人安排休闲娱乐活动。我刚刚开始涉足室内设计。过去，我是在中西部长大的，很享受现在的大都市生活。

- 我是一位年轻漂亮的女性。苗条的身材与姣好的容貌是我权力与欢乐的来源，也是我痛苦的根源。我现年30岁，正处在巅峰状态。此时的我有很多梦想，但却不知道该为哪个梦想而奋斗。我很想拥有一个家，但总是不断坠入爱河，又不断失恋。其实，我只是无法决定自己应该和谁一起组建家庭白头到老才好。

我相信，读了这些描述之后，你可以想到几百种可以改变这些外在自我的方法。

向你的内在咨询

你正在选择自己会成为怎样的人，这时你需要和你的内在展开一场清醒的对话。

你并非一个坚固、凝聚、庞大的完整个体。作为人类，你拥有丰富的内心世界，是一个由存在、知觉、决策以及回应等不同方面聚集起来的松散且不稳定的个体，同时，这个个体也将创造你的每一个反应与回响。

一如本书开头的测试所示，你的内在包括以下部分：

- 作出回应的你。

- 所有的感觉与反应都是基于你的体验而来，不管那体验是否能如实地反映出当前的形势。

- 理智的你，能明了各种信息、数据、他人的故事，以及其他各种知识，而这些理智的活动未必是对你目前形势的正确解读。

- 超越一切的你，能以鸟瞰、冷静的视角综观形势，着眼大局，不带批判情绪来评估形势。
- 理想化的你，急切地渴望事情有所不同，而悲观的你，总因预见到最糟的状况而被吓得裹足不前。
- 直觉的你，对未来会有预感，而且能了解其他人的想法。

还有更多的你没有被列举出来。你周旋于自己内在的众多层面之中，怎样才能创造出一个自己想法、感觉及行动的集合而一并作出改变呢？简短地列出你内在的各色人等——疑心重的人、掌上明珠、疗愈者、受惊吓的孩子、霸道的人，再迅速回顾一下你从小到大的成长经历，记下你曾遇到过其中的哪些人。

- 谁说话最有力？
- 你最怕听到谁说话？
- 谁以前老是给你惹麻烦？

- 谁常抚慰你？

实际上，你内心的每个人对你所做的每件事都有自己的看法。不过，这些人长幼尊卑的顺序会因你的目标、意愿、健康状况、自省程度所发生的变化而变化。你希望自己内心的这群人能为促成你的积极目标而分工合作，而不是挑动你的恐惧或破坏性的冲动。

为了做到这一点，你得先管好这群人当中最冲动、最不自觉的那位，就像你在本书开头部分所掌握的你的反应模式一样。不能管好冲动，也就很难创造出积极的经验以引导自己自觉倚赖内在的其他人。因此，你的第一要务是先掌握自己的反应模式，随后才能游刃有余地用一种专注、有意识和积极的方式管理自己内在的那一群人。

- 你积极的梦想是什么？
- 你内心的那一群人当中，谁能帮助你实现梦想？
- 谁会阻挡你的道路？

　　现在，你不要对挡路的人视若无睹，也不要轻易地"一脚把他们踹开"。你得听自己内在的其他人说说这群挡路的人需要什么，这样你才能信赖自己内心的这群人并好好照顾他们。这场对话需要你作出一些真正的努力。作为一名写作者，我喜欢书写的感觉。你也不妨试着把你与自己内心的各种人所交谈的内容记录下来。这样做的好处是，即便你心灰意冷时，也可以在回顾这些对话时，发现自己原来竟如此聪明，领悟得也如此深刻。

　　然而，你也可以把这些对话大声地对着自己、对着朋友说出来，或是把你和这群人互动的情形用笔画出来。总之，在这个过程里你可以运用任何对你有效的方式。重要的是，你不仅能和内在众多的自己沟通，更可以时时保持对这些自我的清醒认识。

　　与自己对话，或许不是在大街上或公众场所里，而是要对着自己说，并且仔细聆听。你自己就拥有那个答案，而无须再去外面费力探究。你不必再费力去"搞清楚"你需要什么，该怎么做，你手边有哪些你可能早已遗忘或从不知晓的工具可以使用，还有其他众多的事，内在的那一群人都会主动告诉你，只要你能腾出时间和心灵空间聆听。

记住，自省是一切的根基。人人都有运用自省来作出改变的能力。无须费力，只要单纯地观察谁在我们内心里指引我们前往安全之地即可，它也会让我们自发地选择聆听那个内在的声音并遵照其指示。

凡事皆跨越在隐性的世界和我们于尘世里所开创的"现实"世界这两端之间。当你从自己的想象里汲取意念或想法，并将其在现实中具体践行并创造出某种实体的时候，对你的潜意识、直觉、智力，甚至是在你四周流动的宇宙能量而言，它就是一张救命的地图。

每天花一点时间编些类似我在《圆圈》一书中所称的"现实故事"。你可以编造个短篇故事，说说你理想中的生活是怎样的，并且让你生活中的点点滴滴以此为核心被调动起来，直到他们全都达到你所预期的理想状态为止。长此以往，你将逐渐开创出自己理想中的新生活。

Welcome to Your
Crisis

与最原始的自己再次联系

在你凝视婴儿时，心中会升起一股柔情，希望自己也能够回到很久以前，回到像婴儿一样天真无邪的状态之中。而如今，太多的成年人和他们最纯真的自我失散已久。

最真实的你就是出生时那个纯真、勇敢的自我，也就是你本来的模样，其实它从未丢失。只是你用摧毁了它又把它安全地藏于心底的方式，拒绝完全切断与自己这一特殊部分的关联。生活中，我们喜欢把最珍贵的东西藏起来小心呵护，让它免于受到骚扰和伤害。而我们把自己最珍爱的东西妥善收藏，却不曾发觉，有时连我们自己都忘了还有这样的宝贝。

只有一些极为特殊的孩童会得到上苍的眷顾，而无须去面对收藏这些宝贝的境遇。但在我们层层迭迭的防备底下，这些被隐藏的宝藏依然完好无损。你该确信的是，不管怎样，那个最纯真、最原始的自我永远安全无虞，完好如初。

显然，危机逼迫我们不得不回头和这个与自身失散的部分取得联系。我们需要集中所有的资源才能使自己安全度过危机掀起的惊涛骇浪，并把危机化为我们生命中积极的、转化性的力量。

　　尽管层层防备可以让你在历经波折之余，内心的本真依然完好无损，但你现在也已经足够坚强，以至于可以卸下那些防备了。此时此刻你已如此贴近，几乎已经走到了这里，就要踏上一条回归之路，回到那个最原始的自我，展现它的神奇光芒，以便开创你的新生活。

✦

　　我想告诉你一个故事。当你一边读着这本书，一边回顾自己过去成功驾驭和转化危机的经历时，你就会发现我所言属实。

　　很久很久以前，有个小孩——就是你——拥有慈爱的父母或很不称职的父母。你一生下来也许就过得无忧无虑，也许多灾多难，或者介于这两极之间。不管你是谁，生活在怎样的家庭，在生命早期的某个时间点上，你已为自己身上最宝贵的东西额外准备了一个庇护所和保护层。于是，你便把这个真正对你有价值且关于你的东西给隐藏了起来。

　　随着你日渐成长，你所保卫的自我越发坚强，它就像一个珍贵的宝物在你心底愈埋愈深——深到连你自己都忘记把它藏在了哪里，或压根忘了还有这样一件属于你的东西。当你长大成人，你往往不会利用这些个人的珍宝和向往去打造自己的生活，因为你根本察觉不到它们的存在。

随后，危机撼动了你的生活，为了在危机中生存与成长，你比从前任何时刻都更需要依赖你自己。你也不得不往自己的内心深处挖掘，不管这一刻你觉得自己有多渺小、多么没有价值，一旦你着手这么做时，你就会惊喜地发现一个百宝箱，那里装满了所有你所珍爱的东西和你最真实的特质。

假如在危机出现的那一刻，你给了自己一些基本的支持，就像这本书里所描述的，当你将这些在心灵深处埋藏已久的宝物挖掘而出，呈现在你觉醒而活跃的现实生活里时，它们就会以一种超乎你想象的方式丰富你和你的生活。活到目前为止，你所缺少的那些天赋、价值和珍贵的东西，都会在这次探险中被再度挖掘出来。事实上，如果没有遇上危机，你是不会想起去那百宝箱里寻宝，来帮助自己安然无恙地渡过难关的。这么一来，你也就无从发现自己心灵深处的渴慕并着手去实现它了。

为了让你的心灵完满，你不得不忍受痛苦、失落，甚至经历一些巨大变动，雨过天晴之际你需要犒赏自己。苦尽甘来时，你会打造出一种超乎想象的美好生活，成为现在的你所意想不到的一个更珍贵、更有用，也更具天分的人。当打开深藏着最神圣自我的百宝箱，你便会在那里觅得自己的心灵家园。

如果你回顾自己经历过的危机，往往会发现你已直接在危机里找回了一小部分的自己——你的快乐以及获得你真正向往的东西的能力。但如果你找不到这样的记忆，就让这本书来帮你开创新的记忆吧。

没错，危机可能会大到足以毁掉你的一切，但那只是因为你不愿意放开已失去的东西，不愿意一步步迈向新现实的缘故。你越是有决心与能力往前跨步，你就越能在生活中获得自己真正向往的东西。

不受侵扰的自我

话说回来，你的某些内在特质也是永远不会变的。这些特质

会受损、被埋没、被隐藏，甚至受到一些其他方式的扭曲，但它
们依然存在。这些特质包括如下这些需要与能力：

- 爱
- 鼓舞
- 宽恕
- 欢乐
- 交往及理解
- 关照
- 创意与开拓
- 动力
- 领悟
- 疗愈及抚慰

以上这些是人类永远不会被夺走的需要与能力。你也正是因
为被赋予了其中的一条或更多的特质而显得与众不同。当你遇上

危机时，这些特质依然会忠贞不渝地守在你身边。于是，你可以依赖这些特质来打造崭新且更真实的生活并重新进行自我定位。

下面就请你浏览这张特质清单，并留意一下自己的这些特质表现如何吧。它们可是你未来发展的种子哦。如果你将这些特质拼凑一番，也能折射出崭新的你会是何等模样。

描绘你的各种特质表现，并非难事。若你正遇上危机的话，你的新样貌尚未揭晓，而正处在危机状态下的旧样貌也并不是真正的你。你可以趁现在决定自己想成为什么样的人。每时每刻你都可以选择自己的未来。目前，任何事都可以改变，只要你握有转化它们的工具。

举例来说，遇上危机之前，你可能很会照顾他人，平常总是慷慨无私地付出，但同时也不断地否认自己的需求。那么，危机也许会扭转你关照他人的方式。你可能会发现，你在关照他人时获得了更多领悟，而不再只是劳神费力的体力活儿。

你或许会发现，遇上危机时的你会不知道怎么与人交往，也不知如何体谅他人。但要记得，这是处在危机中的你，而不是真正的你。如果这样的描述恰好和那个尚未遭遇危机的你相符的话，危机也许就会驱使你去发现，是什么撼动了你在人际关系及生活上的其他支持。

有需求才有强大的动力，而你总会找到这样的动力。处在危机中的你，也正处于蜕变的状态。此时，你可以自主决定成为什么样的人，而不只是一个被动地受到先天和后天因素影响的人。

※

作为四个兄弟姊妹中的老大，我是可靠尽责的孩子，有个慈爱却患有精神疾病的母亲以及身为医生却被家庭击垮的父亲。我穿着海军蓝的衣服长大，从不穿粉红色。若是换了粉色或其他颜色，我就会觉得自己仿佛不再是自己。如果你伤害了我，我也绝不会掉眼泪。以前我工作并不努力，因为我除了追求生活安稳之外，奢望并不太多。除了照顾人，特别是照顾我母亲以外，我也根本没有一技之长。我从来不曾在别的小朋友家过夜，真正和我有亲密接触的唯有我母亲。她是我生活中最美妙的神话，是真、善、美的化身，更是我唯一的挚爱。

然后，一如之前所说的，母亲在我 14 岁时自杀身亡了，那是在她离婚之后。而在离婚时，我也曾站在母亲这一方并对父亲满怀敌意。我的监护权虽然判归父亲，但在过去的许多年里，他却一直是我的头号大敌。

为了从失落里求生，我不得不选择逃离这一切。既然如今我要负责的对象——我的母亲——已经过世，尽责便不再重要。于是，我缩回自己的世界里写诗、用功读书，以便能躲到另一个世界去忍受这失落的苦痛。我还开始通过想象和母亲恢复联系，并在内心找到了一种与母亲的世界再次交汇的状态。

如今已是这巨大失落发生后的第 33 个年头了，但我依然是个有责任心且很会照顾人的人。在这些特质之外，我还多了宝贵的想象力以及在不同世界之间自由穿梭的能力，譬如在科学的世界和直觉的世界之间。

危机会迫使我们去寻找新的资源，以便自己能得以生存和成长。不同的危机会带给我不同的人生礼物，而我平生的头一遭危机送给我的礼物，则是我至今依然从事的人生志业。

人们进入我的屋子，看到我穿着睡衣工作在一间充满香气和各种色彩的蓝色小房间内，喝着香浓的拿铁咖啡，身旁环绕着几只小动物，并且我儿子还不时地进进出出时，他们都会情不自禁地说："我真希望自己能过上你这样的生活。"我时常在想，要是他们看到的是一个身穿海军蓝、精瘦且没有丝毫魅力、畏畏缩缩而又孤苦无依的14岁女孩，还会有多少人那样说呢。

我不再思念母亲，因为她若依然在我身边，就表示我必须放弃她过世所带给我的这些珍宝。再说，我的衣服现在都已经多半是粉红色的了，过去的也就过去吧。

"局限"这份礼物

危机赠予我们"局限"这份礼物。遇上危机时，我们必须有效地利用所有的资源。因为，我们再没有足够的空间去浪费时间、能量、金钱、思想或者耗费于任何无关紧要的感受之上。你不得不认真思索并找出真正核心且需要此刻有效解决的问题。一如你所发现的，这样做就是为你送上自己即将开创并且变成的那个所爱、所看重的样子，而且你的周遭也会围绕着你所爱、所看重的事物。

相信我，遇上危机时的你往往会体验到自己身上最棘手的那一部分特点。你会觉得自己失去了一切重要之物，那失落的感觉犹如面临自我毁灭一般。大概你也没办法坐下来，边读这本书边想："哇，我正在打造一份真实而有意义的生活。"的确，这个过程并不好受，但很有效。

你可以选择自己的生活。和不同的人一起工作数十年下来，我发现了一条真理：当你知道自己看重什么，你便能得到什么。如果这世上真有所谓的命运，那它就是这么一回事。当我们认为自己需要的一切已从手中悄悄滑落时，伤心总是难免的。但能弥补那些失落的事，往往才是真正美妙无比的。

危机总有其真实性。事实上，我们往往因为没有太多的旧资源可供利用，而被迫回到自己曾遗忘的地方——一处蕴藏着最根本价值与真理的所在。我们常带着虚假的需要和信念生活，而这些也是我们日积月累地从父母、社会、朋友和所爱之人身上得来的。

我们每个人心中都居住着一个独特的人，他（她）有着独特的天赋与需求。在职业生涯里，我见过成千上万的人，当我观察到他（她）的内心，他（她）展现在外人面前的奇妙独创性常常令我惊奇。当我们能活出真实的自我，也就是展现出我们身上独一无二的那个部分，我们便能开创自己真正想要的生活。

然而，要做到这一点，我们往往得先痛苦地剥离虚假的自我。尽管因为那是一些需要被剥离的不真实甚至不健康的东西，我们也可能会深深地依恋它。虽说我们可以经由数十年逐渐进化这种相对而言不太痛苦的方式来实现真实的生活，但危机会加速这个历程，将一个漫长的过程化为倾刻之间。

不过，革命总有它自身的报偿。通过危机而创造出来的神奇疗愈力量会令你像直视太阳时一样感觉眩晕惊艳。

"需求"这份礼物

为了解决危机或作出改变，你不得不深入挖掘自己的内心深处，因而也收获了许多自己奖励给自己的礼物。也许其中最大的一份礼物，就是了解了自己的需求。遇上危机时，我们需要收到世界以及我们周围人送上的一系列新的礼物。危机的起因往往是我们的潜意识需要接收一些我们从小就没得到过，并且从来不知道有它存在的东西，好让我们真正做个圆满的人。与此同时，危机还逼迫我们去寻找自己从小缺失的东西，因为我们只有得到这些资源才能生存下去。

不管你的童年过得多美好或多悲惨，总还会有一些很重要但却尚未得到满足的需求，这就是童年的本质。那些尚未得到满足的需求可能是无条件的爱，或者是智性的刺激、强烈的自我意识、自主性、依靠他人长处的能力、你内在的愉悦感和安全感，甚至是你存在的权利。而当我们缺失它们一段时间之后，你便学会了切断自身对这些东西的渴望。

要顺利化解危机，通常情况下，你得学会填补自己这一生尚未被满足的需求。突然间，也许你会发现，这辈子你头一回要依赖别人的帮忙，让别人来照顾你。也许你还得开口借一笔钱，或是需要你的伴侣抚慰连你自己都尚未察觉到的伤痛。

想象有个从不知热恋为何物的人，突然间谈了一场轰轰烈烈的恋爱；想象每个月只靠微薄薪水度日的人，突然间得到了一大笔财富。这些不只是危机的赠礼，更是危机得以化解的必要条件。

在这个当下，即遇上危机的这一刻，无论你需要的是什么，你都将在之后的人生里永远拥有它。

找到你从未拥有过的家

在我们还小的时候，家就是大人们所在的地方。这也界定了我们的世界。不管那个家好不好，它都是我们所归属的地方，也

是我们和生活产生了联系的地方。

当我们再长大一点，家的范围也随之得到扩展。如今，家之于我们，意味着我们所居住的房子、结交的朋友、就读的学校、生活的城镇或国家。当我们更趋成熟时，家还意味着我们的信念及自身所拥戴的事物。

成年之际，我们建立了属于自己的真正家园。从某种程度上说，我们可以选择居于何处，和什么人一起，以及我们的信仰。但这时，家的意义变得更宽广了。家是我们归属的所在，也是我们身体、心灵、精神、社交、活力等各方面茁壮成长的地方。家是我们通过处理无法回避的冲突矛盾等艰难任务来充电、滋养自己的地方。在这个世界上，在这个充满活力的宇宙以及我们内心里，家一直是我们的心之所向，那里也总有一处可让我们安然休憩的地方。

✴

我们中的许多人很久都没回过家了。在逐渐走向成熟的过程中，我们接收到从教育、同辈、人生历练，以及大众文化而来的多到令人喘不过气的期许信息，并将它们内化为自己的模式。而我们现在的任务就是要超越这些模式，寻觅内心中理想的自己，开创我们想要的生活，建造自己真正的家园。

☀

生活总是充满了意外的波折。我们必须要有心理准备，人生时时会遇上一些在人意料之外又令人始料不及的事，这也是宇宙帮助我们成长的方式。生命中唯一能真正得到确定的，就是我们的应变能力，它就像一颗滋补的万灵丹，可汇聚内在资源与外在支持，并且这颗万灵丹很有可能是我们从小炼出来的，或者是长大后偶然得到的。即便是从小被赐予这颗万灵丹的孩子，一些创伤性的剧变也会削弱他（她）的应变能力。而危机则促使他（她）前往未知之境去探索，以便疗伤止痛。

要想有圆满的生活，复原力是不可或缺的一种天分。无论何时何地，也不管遇上什么风浪，复原力是找寻回家之路和重新打造新家园的能力。这是一本关于疗愈与复原的书。每一章都是为了带领你一步步地回归家园，回到你想去也必须要去的地方。为了让诸位读者返抵家门，我先假定了最糟的情况：你遇上了危机，家园已经被生活的风浪摧毁。而即便你没遇上危机，学习这种做法也将帮助你每一天都能有意识地开创自己的生活。

我们都听说过许多人为命运所累且备受折磨的故事，另外，我们也听说过一些追寻梦想重新开创新生活的案例。但不管你目前生命的境遇如何，你都可以选择下一步该往哪里去。家是你追寻直觉、灵感与资源以编织梦想的摇篮，而不是造就宿命的地方。

练习：寻找并跟随你的内在智慧

读到这里，你八成已经注意到了自己的内心存在着一个睿智的你、一个能作出反应的你和一个一丝不苟的你。没错，会本能作出反应的你就是那个遇到任何状况都会习惯性地冒出来的你。为了突破难关开创新生活，你还得好好认识这个睿智的你并与之沟通。唯有如此，你才会给予他足够的信赖，并让他指引你的生活。

再说一次，将你的心得记录下来是证明你值得信赖的有力的证据，而且它还能为你提供可靠的灵感、讯息与帮助。人的内心总是充斥着混乱的思绪，文字则能有效地帮助你理清这些混乱。

这是个简单的练习，需要用到你的日记本或笔记本，如果你喜欢，也可以用录音机。首先，想想以下的问题：

若有个人能指引你，回答你关于过去、现在、未来的问题，再帮助你了解自己的天赋，你会问他什么？

记录下你的答案。写完时起身，稍微走动一下，随后找个眼前有空位可以容纳这位特殊人士的地方坐下来。

现在，想象这个睿智、无所不知的你，就坐在你眼前的空位上。你知晓自己需要知晓的一切，也知道怎样对现在和未来作出必要的改变。最后，别忘记要逐一询问自己那些刚才记录下来的问题。

一旦你听到或知晓了答案，便花点时间把它记下来。随后，你便会晓得什么时候是你的智慧在说话，什么时候不是。答案也许听起来怪怪的，或者令你感到焦虑、愤怒、抑郁或想逃避，这些不同的反应取决于你自身所属的类型。

让自己耐心地继续做下去。往往最先冒出来的——会是你那个"日常"的自我的想法、期盼，或担忧，当你开口说话时，你会找到真理。要记住，你那个睿智的自我能够帮助你在生活中作出改变。所以，要是你遇到困难，就问问那个睿智的你该怎么着手进行改变，或怎么培养自己的能耐，让自己即便在最险恶的境况下也能化险为夷。

有空就做这个练习吧！练习愈多，你的领悟也就愈丰富。

Welcome to Your *Crisis*

拾壹

摆脱三个死亡陷阱——沉湎、怪罪和报复

自觉有用处的力量

20 年前，我曾为一名被称作 B 先生的男子进行过疗愈。B 先生是肝癌晚期患者，来日无多，一直住在市立医院里。由于没有受过教育，他目前穷困潦倒、濒临死亡。B 先生是在"南方腹地（Deep South）"几代同堂的大家庭中长大的。

我每天去探视他，为他行按手礼以减轻他的痛苦。而每天早晨，也总有不同的患者来到他的病房，在病床前和他聊天。他聆听他们的倾诉，为他们提供建议，有时还拍拍他们的手，把他在成长过程中所得到的温暖传递给那群病人。在那些向他倾诉的人中，有些人也确实找不到其他人来倾诉。

后来，他在为他人带来温暖的过程中离开人世。我未能及时搞清他是否在患病前就是这样一个充满爱心的人，而只知道他曾经酗酒，一生都在与贫困搏斗。但是，他最终还是为那些生活在艰苦环境中的人们带来了平静的心灵感受。

如果你总有宝贵的东西可以给予，那么，你所给予的东西也会因为你的改变而改变。虽然改变会让某些人感到不舒服，但有些人却觉得那是莫大的福分。你赠送的新礼物会吸引来 B 先生，有时，你甚至连自己所赠送的是什么都不清楚。

有用的作为，是你向潜意识发出你打算生活下去的强烈信号。我们看到，自觉有用处的老人总是生龙活虎——无论是在身体上、情绪上，还是在经济活动中，莫不如此。在你帮助别人，尤其是帮助孩子们渡过危机时，指出他们依然是有用的人，依然能对你的生活和这个世界作出贡献，是十分重要的。

年幼无知的孩子拥有得到关爱和养育的权利，但是，在帮助我们的孩子或其他任何人渡过危机时，我们所能做的一件最具效力的事，却是肯定他们可以通过多种方式成为有用的人。这件事做起来可能很容易：在孩子到街上捡拾垃圾时，告诉他这是作为公民所应履行的职责；或者是鼓励孩子以换位思考的方式接纳一个不受欢迎的小朋友；多数孩子都会做家务，但他们大多并不晓得他们分担家务的行为会给我们帮多大的忙。简单地说一句"谢谢你收拾碗筷为我省了时间，让我可以陪你玩游戏，而且玩得很开心"，就是培养孩子复原力的绝佳训练。在慷慨奉献大行其道时，孤立——这个危机的头号大敌，便会销声匿迹。

在你所爱的人受伤时，你该怎么办？

在我们所爱的人遇到危机时，我们也会不同程度地受到波及。很多人的婚姻之所以破裂，原因就是，在一方遇到危机时，另一方也因此落入了困境；孩子遇到危机，家庭便有可能因此而四分五裂；在朋友之间，对危机处置失当也会给友谊画上句号。在你所爱的人正经历危机时，有很多疗愈的方案可供你选择。重要的是，你要先了解自己和对方各属于哪种类型，这样做可以确保你避开让两人同时落入危机陷阱的风险，并把关注的焦点放在

维系双方牢固的感情基础之上。

在你所爱的人遇到危机时，你要从两个角度来看待事物。要关注对方所面临的危机，同时也要关注自己对这一危机的反应。后者的难度可能更大。在你变成对方所面临的危机的关键点时，譬如说，在婚姻中，你丈夫不再爱你，或者你那正值青春期的孩子认为是你毁了他的生活时，采取这种做法尤显重要。

目睹自己所爱的人正在受苦或正在伤害自己，是我们最感无助的时候。我们也是他人世界的一部分，基于危机不断变动的本质而言，我们的一些方面也在发生相应的改变。因此，每个人都是由他本身和他的精神世界所构成的。你可以是对方疗愈的一部分，但与此同时，你也要保护好自己，以免和对方一同掉入危机的泥潭并让自己也受到伤害。首先要照顾好自己！同时还要记住一点，那就是搞清彼此各属于哪种类型。

☀

在帮助别人之前，要先戴好自己的氧气罩。

每次我和儿子同乘飞机时，都会开个玩笑。在听到空乘人员说"遇到紧急情况时，氧气罩会自动从舱顶上掉落下来，请在帮助别人之前，先戴好自己的氧气罩"，我们两人都会在心中默念："这样才怪！"我们都知道，我一定会先帮他戴上氧气罩。而如果我非要告诉自己我一定会按此指示行事，那也只能是自欺欺人。

几年前，我有过一位学员。她是急诊室的护士。那时，艾滋病刚刚开始流行，她为此感到惊慌失措，因为在工作特别繁忙时，她时常忘记戴手套，而病人的血也曾溅到她手臂的伤口上。她总是担心自己受到了感染。

而在检视她的一生时，我们发现，她在团体里也时常忘记戴上隐形的"手套"，任自己在满足别人更紧迫的需要时受到伤害。当时，由于疏于照顾自己的身心健康，她正接受至少四位心理医生的治疗。

其实，她"早已发现"自己一向疏于保护自己，接受心理医生治疗的事对她来说如家常便饭一般。因此，她对我们的观察感到厌烦。"病人如果因为我们延误救治而丧失生命，那又该当如何？"她这样争辩道，"病人随时都有生命危险。你怎么知道省下

10秒种来保护你自己就一定能救活病人？""如果你已经受到感染，接着又感染到别的病人，那又该当如何？"另一个人反问道。

应该把握的底线是，为了你本人及你周围人的安全，你必须在"帮助别人之前，先戴好自己的氧气罩"。你必须对自己负责。不把自己照顾好，你也就没法照顾好别人。事实上，你照顾不好自己，便会给别人增加负担，甚至会给别人带来危害。

我儿子13岁了。当我发现他知道该怎样戴氧气罩时，我真是大大地松了一口气。

✳

遇到危机时，我们必须时刻警惕，避免让自己受到伤害。在帮助他人渡过危机时，我们也必须确保自己拥有足够的支持力量，可以让遇到危机的人重整资源，弥补他们所遭受的损失。我们唯一能做的，往往是提供支持——倘若他们能敞开心胸接纳支持——以帮助他们规划针对自己类型所建议的活动。你能为处在危机中的人提供针对某种类型而设计的疗方，等于是为那个人搭建了一座"桥梁"，使之能够跨越介于旧世界和新世界之间的那条壕沟。

☀

遇到危机的人往往会受到别人的伤害。在抵挡危机所带来的侵害时，他们几乎没有多余的力气避开进一步的袭击。具有讽刺意味的是，与"受害者"关系密切的人往往会落井下石，借机发泄自己的宿怨与仇恨。作为生物链上的一环，基因决定了我们弱肉强食的本性。但是，还有一个更文明的做法可供我们选择。在觉察到身旁的人已陷入危机时，我们应该主动伸出援手拉他们一把，用各种能够强化其力量的方式向他们提供保护。

- 分析他的处境但不涉及他面临的危机。限定此人谈论危机的时间就好比制定一个类似"回避危机"的话语禁区一样。（或比方说，在任何交谈中谈论危机的时间不能超过三分钟。）
- 再度肯定这个人具备正面积极且有用的特质。
- 肯定这个人内心存有真理。
- 为他（她）所生存的环境提供忠诚与保护。

- 以仁慈相待，即便他脾气暴躁。（遇到危机的人常常会情绪失控。）

- 指出一些能帮助他平息怒气的做法或表达方式。

- 相信这人依然具备足够的能力和完整性，尽管他目前的生活摇摇欲坠。

- 包容接纳。邀请这个人在你的团体里发挥作用。

- 一些邀请会迫使这个人有效地发挥作用。譬如，请他参加朋友们的晚餐聚会或去健身房锻炼。

- 知道自己何时会达到忍耐的极限，并适时地休息一下。划出界线，别让自己被不利局势拖垮。

当有人落入食物链底端的一环时，你在伸出援手的同时也会引发自己内在的疗愈力量。这样做会使你自己脱胎换骨，因为这样做会让无尽的喜悦涌入你的生命之中。

反应模式是会传染的

和心情焦虑的人一起生活，你也会变得焦躁不安。要保持警惕，不要让自己因被别人的焦虑情绪所感染，而变得充满敌意或不恰当地与其他的人或事拉开距离。

和常发脾气的人相处，你也会被愤怒所侵蚀。要保持警惕，不要让自己屈服于丧失自我的力量，任其侵蚀你的自控能力和决断能力。

和否认型的人相处可能会耗神费力。要保持警惕，不要让自己背负别人的巨大包袱，以一己之力扛起对两人而言都非常艰巨的生活重担。

和抑郁型的人相处，久而久之，你也会变得意志消沉。要保持警惕，不要让自己承担过多的责任，从而无力作出改变，并最终落到老是满腹牢骚或愤恨不平的地步。

＊

在你试图帮助焦虑型的人时，你必须懂得，即便是他（她）再三地作出保证，你也依然无法令其安心，因为他（她）已毫无安全感。帮助焦虑不堪者时，要设法引导他（她）做一些有用且不做不行的事，使其在完成任务后感到满足，以让他（她）的心情安定下来。必须让他（她）做一些能让自己觉得有力量而且会带来好结果的事情，引导他（她）集中精力从事某项活动。只有全神贯注地投入其中，才能让他（她）摆脱只会耗费精神的无益反刍。别被他（她）反反复复的内在对话"要是……的话，你觉得我该怎么办"给卷进去。焦虑型的人需要明白一个道理，那就是：他用不着杞人忧天，因为天根本不会塌下来。

＊

在试图帮助愤怒型的人时，你必须先行为他们提供一定的空间来发泄怒气。当他们还处在气头上时，他们是没法既让你插手却又不伤害你的。一旦他们给别人造成了伤害，他们就会更加恼怒。

　　因此，你必须选择适当的时机，在气氛不太紧张时，引导愤怒型的人使用比较恰当的渠道来发泄。（参见前述针对愤怒型的人的疗方。）一旦他们能驾驭当下的情绪，就鼓励他们运用否认法，将注意力集中在自己想开创的事情上。最为明智的做法是，在他们头脑冷静下来之后再帮助他们远离激烈的情绪，重新评估情势。

　　要记住，别和愤怒型的人发生争执，使他变得更加气愤，或是和他唱反调、火上浇油。愤怒的人需要知道他们绝不可能因为让他人受苦而使自己变得完整。

☀

　　在试图帮助否认型的人时，你可以请他们前去观赏煽情催泪的电影，将能够触动情感的相册翻给他们看，或者将他们最喜欢的儿童故事书送给他们，并为他们朗读。尽量让他们做一些情绪虽会受影响却又不至于让他们无法招架的事。这样做可以让他们清楚地认识到现实并不会对他们有过多的帮助。不过，你也可以

营造一个安全的情境，让他们去感觉、体会他们自己的觉察。通常，这个过程也可以借助一起参与的活动来进行。我敢说，平行游戏的概念：两个人各玩各的，没有互动正是否认型的人发明的。这种人会彼此留意，但不会介入彼此的活动。不过，往好的一面看，他们也绝不会设法去编造否认彼此的内容出来。碰上执意要你与他一起分享幻想的否认型人，我奉劝你一句话——沉默是金。否认型的人应该明白，他们能够看清事实，能够去感觉，又不会被真相压垮。

✺

在试图帮助抑郁型的人时，要尽量鼓励他搞好一般性的日常活动，如盥洗、吃早餐、接电话。从支持他所做的事、让事情简单化当中，帮助他抵制惰性的诱惑。抑郁型的人需要知道，他们是有力气参与现实生活的脉动的。

✺

在帮助那些遇到危机的人时，你要当心。要先看看对方的危机或压力在分散你对自身需求的注意力时，是否也把你推入了险境。你是不是也落入了旧思维、旧感觉，或旧行径当中，或者也变得邋遢，不在意"世俗的现实"，不把那些让生活走上正轨、必要且庸俗的日常事务放在心上。记住，危机有如传染病，如果你在帮助别人时没能照顾好自己，你也会被感染，出现相同的症状。在你发现自己身上开始出现相同症状时，要赶快采用之前讨论过的疗方。抓住你从中抽离的片刻，在自己情绪银行的账户里储存一点能量。

假如你发现自己生活圈里的人跌入了这些险境，要鼓励他们做同样的事。以疗愈性的和建设性的方式共同渡过难关会激发整体意识，这是你在家庭或生活圈中能够创造出来的最牢固的纽带之一。如果你坚守每个人在他（她）生命的谷底都依然能体现爱、完整的信念，那么，我们也就能在内心深处把每个人连结到一起了。这时你才可以确信，在遇到伤害时你不会受伤，在别人具有伤害性时你会作出回应但不会进行批判。

最牢固的友谊、最稳定的家庭、最强大的公司，就是通过危机受到锻炼和考验而产生并得到强化的。要想负起帮助别人的责任，你必须留意自身及周围的人是否会落入险境。

※

你若是  型的，那么，在你无法抛开忧虑为自己做一些建设性的事时，你知道自己已经落入险境了。那时，你会沉浸在一些小事和恐惧当中，但对眼前的事却丝毫提不起兴致来做。抛开那些剪不断、理还乱的无用烦恼吧！因为纵容你的想象力将会把结果想得严重到不可收拾的地步。

※

你若是 否认 型的，那么，在你内心觉得自己过得很好，可是从外表上看来，你却过得一塌糊涂——你所在乎的人也都过得不顺心，或者你周围的人很为你担心，而你却不明白他们为什么担心，也无法作出正确的回应——时，你知道你已经落入险境了。你会发现，自己不但不去应对身边的危机，而且还对关心你的人过份挑剔，连你的想象力也已经彻底遗弃了你。

✦

你若是(抑郁)型的，那么，在你想象不出自己怎么有力气去看完这本书时，你知道你已经落入险境了。抑郁型的你可能会觉得没有什么事值得你花力气去做：修饰仪表、去健身房锻炼，甚至连冲澡你都嫌累。你看不到目前的处境能有任何出口，你觉得这种情况将永无休止地持续下去。你预见什么事都不会变。你的想象力也让你觉得每个人都过得很快乐，可唯独自己总是郁郁寡欢。

✦

你若是(愤怒)型的，那么，在你开始觉得怒气难消时，你知道你已经落入险境了。你开始计较自己对别人付出了多少，别人又对你付出了多少，并且内心总觉得不平衡，认为自己付出得太多。之前你把自身的需求置于其次，而现在这些需求又都冒出来向你讨公道。每天遇见的事都让你感到生气，你觉得自己老是想发怒，也觉得自己再怎么做都不够，这真是让你火冒三丈。

对不同类型的人的临别赠语

在你还没有随手丢掉这本书，或"不晓得把书放到哪里去了"之前，让我们先跟否认型的你谈一谈。否认总有其目的，而你紧紧攀附否认。但是，如果否认真的很管用，那你就不会读这本书了。你的生活过得还不错，不是吗？如果你正捧着这本书看，那就说明你的否认已经不起作用了。看看自己的焦虑。嗨，否认型的人，如果你感到焦虑，你就真的做了一件勇敢且正确的事。你可以管理好自己的生活。发现哪里出了差错只是促使你运用自己身上的一些了不得的技能，以便让生活变得更美好的契机。

✷

焦虑型的人，我知道我在跟否认型的人说话时，你已变得十分沮丧。让你感到六神无主的焦虑大概只做了一件好事，那就是帮你燃烧掉了更多的卡路里。有时，你大概会干出冲动的事而让事情愈变愈糟，但另一些时候，需要你统领真正的力量及资源做事时，你却被吓得动弹不得。你当前的目标是不用动脑筋地否认。如果某件事能让你"忘掉"烦恼一分钟，你就多去做它好了，这只要假装一切都没问题就行了。要是你把目光从问题上移开一会儿，你就能看到解决办法，也就能驾驭无限的精力去扭转乾坤了。

抑郁型的人，我知道要你花力气改变现状的任何话语你都是不想听的。但不管怎样，事情都不会进一步变糟。也许，你可以做一些过去你因为害怕而不敢做的事，如请求支持或向他人招手求救，即便是现在依然担心遭到拒绝的事，你也应该尝试一下。但是，如果他们真的拒绝了你，那你大概也会很生气。其实，花力气改变这件事已经让你气呼呼的了。气愤是逼你作出必要改变和采取行动的动力。也许愤怒所激发的大量精力也会让你啧啧称奇。在你把愤怒和自身强大而深刻的理解力结合起来时，你便可以心想事成，无往不利，并打造出一份你真正想要的生活。

愤怒型的人，你可以得到力量的唯一方式就是负起责任。后悔是愤怒的至亲。你可能会因为自己所错过的一切以及愤怒所摧毁的一切而感到后悔。那么，就请假装这一切都是你的错，你真的把事情搞砸了，原先以为让别人痛苦或后悔会让你变得完整，但事实完全不是这么回事。而倘若你做到了，你便会觉得闷闷不乐。抑郁让你的激情变得有见地，可掌控，并最终还变得有建设性。也许在这个过程中，你并不能取回你所失去的，但你却能发现对现在的你而言真正重要且有价值的事。当你把抑郁的自我觉醒和愤怒的激情结合起来时，你就能够开创出一份可以自主选择、感情充沛、意义丰富并能自我实现的生活。

Welcome to Your

Crisis

没有人能免去危机
——但任何人都可以减少危机

所有改变都是开启你生活中万般可能性的契机。我们都有一种惯性。比方说，受虐儿童被安置到安全环境之后，却仍想逃回虐待他们的父母身边。即使情况很不理想——有时候甚至很糟糕，我们依然会用一种因惯性和恐惧而生的非理性力量紧抓着它不放。在改变或危机使我们有机会充分觉察自己最深层的需求，并让它得到满足时，我们会变得脆弱和易于受伤。在我们的生活与信念的不同层面受到挑战时，我们最核心、最真实的需求也会暴露出来，即使我们不容易发现它。

※

适应能力是可以后天培养的，但有些人的适应能力却生来就强于他人。这些人总能从过去的废墟中缔造出更美好的事物。即便如此，生活中也仍有一些时刻，即某个改变或一连串的改变暂时压垮了我们的适应力，甚至连复原能力最强的人也在所难免。当你觉得自己快撑不住了，请别担心，总有一群人在陪着你呢。

在我们当中，尽管有些人比其他人具备更强的复原能力，但不同类型的人在不同的情景中，其适应能力仍会表现得不尽相同。某些人在遭遇财务危机时可以愈挫愈勇，东山再起。但是，如果是被恋人抛弃，他们的自我调适能力也许就没那么好了。基于你的童年体验、个性、外界的支持、价值观，甚至是基因的决定作用影响，你也许会慢慢地发现，有些危机比其他一些危机更容易处理。然而，只要你主动把某些模式和行为融入自己的生活，你的复原能力也就能逐渐变得越来越强大了。

☀

拥有复原能力的个体具备如下特质：

- 活在现在。

- 必要时，关爱他人并主动伸出援助之手。

- 认为生命掌握在自己手中，生活中也永远有挑战存在。

- 仿佛手中永远握有生存的利器，即便有时也会心存疑虑。

- 常常表现出一副慷慨大方，可以付出很多的模样。

- 认为这世界对每人而言都足够丰盛，并因此向世界大方要求。

- 有勇气去感受和爱。

- 对自己、他人及生命怀有感恩之情。

- 对自己的需求、局限和底线有清醒的认识。

先练习把这些特质表现出来，即使你对其效用半信半疑也无妨，它们会帮你增强自己的复原能力。通过锻炼复原能力，你重新形成的态度和行动模式，也将为你带来积极的改变。

※

别人的态度是可以学习借鉴的。你可以把朋友、配偶、父母和孩子当成学习的榜样。另外，你看待自己处境的方式，也会对你在巨变中的生存能力产生深刻的影响。睁大眼睛开创美好的生活神话吧！在这个神话里，你便是自身传奇中的英雄。若你能以此为真理，你也就能开创出这样的真实生活。

有些人总能绝地逢生，把磨难当历练而出人头地。同时，也有一些人因被生活中的危机打倒而溃不成军。这是为什么呢？

一项针对曾在童年时期遭受过虐待的成人所作的研究发现，

受虐历史对其成人生活的影响与其小时候受虐的严重程度或忍受虐待的时间长短无关，只与其童年受虐待期间，他（她）是否觉得自己能控制情况有关。自觉对所发生的事有较多掌控力的孩子——即便他们自以为的这种掌控力从客观上讲并非如此，其成长中因受虐待而产生的影响也会很小。这本书给了你很多工具，来帮助你灵活地面对危机和改变。你得把这些工具融入自己的生活里，并且经常练习使用。如此，你便能以积极、愉悦且有力量的方式面对将来的自己。

有意识地生活是，睁开眼睛看待各种危机，而非闭着眼睛在危机中摸索。在你发生蜕变时，你的机运——你追寻快乐与成就的能力——也会因此而变得更强。通过改造自我来破除危机，会让你觉得自己充满了力量，之所以会如此，是因为你的自我就掌握在自己的手里，你可以随心所欲地改造它。也正是因为我们具有自我转化的能力，所以我们自始至终都能改变自身的处境，或是利用其动力来开创新的环境。

选择你所依恃的神话

留意你所拥抱的神话，比方说，你以为生活只有一条路可走，生命中只会遇见一位精神伴侣，或人生只有一次可以获得快乐与成功的机会，一旦你失去了这一切，你便再也无法重新获得它们了。这样的神话很危险。在生活里简单地观察一下，你就能清醒地发现，这样的神话也并不真实。因为第二个、第三个、第四个机会也会接踵而至，源源不绝，并呈现在所有人面前，当然也包括你在内！你可以用下面的方式来渡过难关：为自己开创一份原本想都不敢想的极真实且快乐的新生活吧。

☀

我们家有条家训：任何事都是好兆头。打碎镜子？好兆头！踩到碎片？好兆头！你最爱的项链不见了？旧的不去新的不来！将一些魔力赐予你自身的神话吧！好好睁大眼睛，为你自己及所爱的人编织美好的传奇。

☀

你正在开创自己的生命，就在当下。在你有意识地开创生活时，恐惧毫无容身之地。你可以运用手里现有的工具来对付伴随改变而来的一切失落感。没有哪个人的生活能免遭变动的侵扰，而在自我觉醒的带领之下，每一次的变动又都是更美好的生活和更美好的自我崭露头角的新契机！